一个人的的义无反顾

/ A person
without turning
back

艾明雅 等 / 著

Wuhan University Press
武汉大学出版社

目录 / Contents

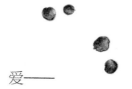

爱——

不过是一场华丽的想象

那些突然之间

发生的事

温柔的

风穿堂过

最后，

我们没有在一起

Chapter

1

爱——
不过是一场华丽的想象

17 岁的怦然心动

小岩井

十六七岁，我第一次发现世上不是只有恐怖片会让我瞬间心跳加速，女生也会。而与贞子她们不同的是，我的寒毛并没有因为她们而竖起来。最美好的时候，我们却什么都抓不住。男生的情窦总是要比女生开得晚那么一点，就因为晚那么一点，于是错过了许多青涩的怦然瞬间。

17 岁那年，参加市里一次即兴作文比赛。

因为不喜欢同行之人的聒噪，我很早就入了场。

那是夏天中平凡而闷热的一天，风扇忽忽地飞转，蝉宝宝在外面卖力地吆喝。来自各个学校的同学正襟危坐，翻看着各自携带的名作名句。

我坐在靠窗最后一个座位——动漫主角座，看着窗外美丽的校园啧啧感叹：瞧人家学校这漂亮。

然后我闻到了 Six God 的熟悉香气。

等我回过头，留给我的是穿着统一校服的女生的背影。

女生留着露出脖子的齐耳短发，别着一只可爱的粉色 Hello Kitty 发夹，露出一只小巧的耳朵……

我喜欢马尾，我当时这么想。短发的女生没味道。不过，不知为什么好想看到她的正脸啊……

女生托着腮在那发呆，我也双手交叉托着腮看着她的背影，纯粹因为无聊。

发下题目：一段我忘了内容的破故事，以及塞万提斯的一句话，选一个。

我果断选了塞万提斯，然后脑子里已经瞬间蹦出了十句以上塞万提斯没有说过的经典名言，三个以上塞万提斯没有经历过的励志故事。

比如：如果爱，请深爱；如果不爱，请离开……

比如：那些年塞万提斯追过的女孩……

立马唰唰唰运笔如飞。

灵思如尿崩，谁与我争锋。

我写文章就一个快字，憋出来的都是隔夜饭。

我一下子就写完了一页，翻页的时候故意发出响声。隔座几个还在抓头苦思刚才看过名作名言的兄弟向我投来了嫉妒的眼神。

哼，凡人。

哎呀！刚写完第二页的第一个字，圆珠笔头就掉了。

我有个习惯，身上永远只带一支笔，而且那支笔通常会放在口袋里——那使我显得有种文人的气质。

嗯哼。所以我悲剧了。

我还有个习惯，圆珠笔的圆珠掉了后，我总是要找到才安心。于是我开始专心地找起了圆珠。

桌上没有就蹲在地上找。

监考老师看到了，喝道："那位蹲下的同学，你干吗呢？"

"哦，笔头掉了，找着呢。"

"别找了。离他近的同学谁有多余的借他一支吧。"

我侧头看。那几个男生立马低头做奋笔疾书状——我似乎看到了她们脸上那一丝隐藏的幸灾乐祸的神情。

突然我面前伸过来一支笔和一小袋笔芯！我诧异地抬头，看到了一张通红的娃娃脸。她不敢看我，目光胡乱地扫射，不小心对到我囧囧的眼神，瞟了我一眼就立马挪开，一只手压在嘴边，用极小的声音说：“你用吧……不……不客气……”

“喔。”

我愣住了，没有接，也没有说多余的话，就这么看着她。她并不美，只是个没长开的小姑娘，却使我感到有一种凉风拂面的清爽……我好奇地看着她白皙的脸瞬间变成了粉红的晚霞满天，就这么呆住了……她忽然一缩身子，把笔丢在我的桌上，慌慌张张转过身去。我还蹲在地上看着她，甚至注意到她的耳根子都红了……

当时的感觉让现在的我描述的话是这样的：

好似登上月球的宇航员忽然没有了氧气；

好似炸弹倒数十秒却困在了电梯；

好似贞子爬出来突然露出了笑意；

好似卧底被揭穿被枪指着小弟弟……

一切都好像停住了，世界一片空白，只有心跳无端的节拍提醒我，还没死。

而当时的我脑海里只有一个弹幕飞来飞去：我擦好美！我擦好可爱！

原来女孩子脸红是这么美丽啊……

我拿起笔，随手在卷子上划了几下，脑子里乱乱的根本不知道写什么了，过了好一会儿才意识到我好像没说"谢谢"，她就先说了"不客气"。

我撕下题目卷的一小片白纸，在上面写上：谢谢哦……你……然后又用笔划掉，揉作一团塞进了口袋。

她一直在写。我脑子乱糟糟的，不知是怎么写完后半张卷子的，心里已经没什么感觉了。

我心里只有一个念想：怎么办，好想认识她！

我思考了 N 种搭话的方式，都立马被自己心中的怯弱枪毙了。

"还剩下 15 分钟了，没写完的同学抓紧了。"
监考老师提醒。

其实我已经写完了，但我就是不想交卷——我觉得一旦交卷我就再也看不到她了。

这时教室里已经没有多少人了，她却还在埋头写。

"难道写小说呢？"我纳闷。

铃声响起。我看着她起身，自己也不情愿地站起来交了卷。

等我回到座位，她已经在整理书包了。我递过笔和笔芯，感觉到自己手都在抖，想说点什么，却完全不知道说什么才正确，结果憋出一句："今天好热啊，我汗都出来了……哈哈。"

"嗯，是啊，我也是呢。"

"哈哈。"我抓着脑袋，觉得自己像个白痴。

想了半天，最终我只说了一句：

"那个……谢谢……了……"

"下次要多带几支笔喔。"她笑着说。

"你写得怎么样？"我终于想到一个好的话题，"你……"

才刚说出一个"你"字，隔壁考场那位聒噪的同行同学在门口朝我大喊：

"小岩井！！！我和老师等了你半天了，车在门外，快来啊！肚子饿死了，老师请客吃饭哦，速度点！"

你爷爷的我要手上有块砖头立马让他生如西瓜汁灿烂。

女孩小耸肩，说："快去吧，你同学、老师还等着呢，呵呵。我家近，自己过来的。"

"嗯……好。"

……

然后我忍住了好几次想回头的冲动走到了门口，看到同学那天真无邪的样子，瞬间没脾气了……

那之后我好多次责怪自己：为什么什么都不敢说，好歹问个名字和学校啊。

我还记得那天我回到家，老娘问我写得怎么样时，我的第一句话是：

"妈，家里的六神花露水在哪里？"

就这么时间已经过去了快十年。

仔细一想，原来这是我人生中第一次对一个异性产生怦然心动的感觉。

这种怦然心动的感觉也仿佛 17 岁那般遥远而熟悉。

为什么我能记得这么清楚？

昨天傍晚，办事外出，在车站等接应的人，忽然公交车上下来一帮高中生，其中几个女生中有个小个子穿校服的短发女孩，她们正在笑话她被某男生喜欢而那男生却不承认。那女生娇羞地低着头不语。

刹那间，我忽然有一种很熟悉的感觉，却怎么也抓不住那个回忆点。

经过我身边的时候，那女生边说着话边撩动了一边的头发，露出了小巧的耳朵……

一瞬间，所有记忆电光火石般清晰可见，仿佛昨日重现。

我很惊诧自己竟能记得这么清楚，仿佛 17 岁的故事只是昨晚看过的电视剧片段……

其实，没有心跳，人也是可以活着的；没有爱，人们也可以结婚；没有恨，人们也可以战争。没有心跳算什么呢？阴冷的天空下，其实满街都是 walk dead。

接应的人终于来了，看我一直望着那帮女生远去的方向，好奇地问：

"怎么，你的学生？"

"没，起风了，还挺凉爽的……"

情书这件小事

/ 小岩井 /

1

长期悄悄关注着初恋的微博，她似乎千年更新一下。从朋友那儿听说，她应该过得不错。

今天心血来潮去看了一下，发现清明节的时候更新了一条：

翻出这些高中时候的情书，看完以后还是哭了。不管结局如何，我想高中时候的他是真的喜欢我的吧。终于下定决心烧了，祭奠最美好的初恋，死去的爱情……从此以后，一心做好别人的妻。

然后照片是一堆被烧毁的信纸。

我盯着电脑发愣了好久，青涩的回忆像泉水一样喷涌而出……

至今为止我写过三回情书，第一回是写给她的，也是最炽烈单纯的一回。

我从没想过有回复，也从没想过会跟她交往，我早知道我们不是一类人。

她是我小学、初中的同班同学，一直没什么交集，高中时候她经常考全校第一，清高骄傲。

而我浑浑噩噩，得过且过，多愁善感，困在自己的小世界郁郁寡欢。

我说不出来是怎么喜欢上她的，也许只是因为一次偶然的公车闲聊，她那颗好吃的话梅糖。

前些日子看到友邻一条状态：喜欢上一个人是什么感觉？最原始的感觉大概是觉得自己配不上她。

只是一颗话梅糖，于我却像一种施舍和鼓励……

总之后来我疯狂地写起了情书，从来都是匿名，一个月一封，偷偷塞到她班级的信箱里。

每次写信寄信的时候，我都觉得活着特别美好，喜欢一个人的感觉特别美好。

就这样，持续了整个高三，每次写情书我遍寻古今中外各路名家情诗，聂鲁达啊拜伦啊王小波啊，都是那个时候开始接触喜欢上的。

每周六晚上，我便会在台灯下小心翼翼地抄写自己反复确认的原稿，一字一句认认真真写在精心挑选的信封信纸上，偶尔会放点花瓣，好像祷告一样虔诚地摆放好。偷偷想象她收到信后的神情……

于最初的我而言，爱情更像是一种神圣的仪式。

我以为这是一个秘密。

高考完出成绩那天我接到一个电话，"喂"了半天正要挂。

对方说："我一直知道是你。"

我一惊，"是你。"

"你要去哪个学校？"

我说本地的 × 大。

那边沉默，道："谢谢你的……信。其实你很不错的，我也没有你想得那么好……而且我……已经报了外地的 × 大……"

我笑笑："挺好，你本来就很优秀。"

"所以……"那边欲言又止。

"我知道，我没有多想什么。"我说。

"还是，谢谢。"说完就挂了。

有时候从喜欢上一个人开始，就已经失恋了。没有告白，没有牵手，没有拥抱，没有……统统没有，而我却觉得爱了好久，好像我出生开始就一直爱着这个没有什么交集的人。

至于后来的故事，已经错过了对的时间重新遇到对的人：
于我，是殇；于她，是伤。

写给她那么多情书里，我记得印象最深刻的是聂鲁达那句：
我喜欢你是寂静的，仿佛你消失了一样。

绝望而骄傲。

2

在日本第一年的平安夜晚上，我打开信箱发现一个苹果和一封信。

你好小岩井，

我其实不太认识你，你也肯定不认识我，只不过那天学校一起去××神社，你站在鸽子群中，穿着我喜欢的白衬衫，随风摆动，鸽子飞舞，逆光的背影。只为这一刻的心动，我想说写这封信的时候，我是喜欢你的。And 祝你平安夜快乐。

我站在信箱前读了一遍又一遍……那一刻，我终于明白曾经收到我情书的姑娘说的那句"谢谢"并非只是敷衍。

我想好好对这个人说一声"谢谢"，可惜最后我都不知道是谁。

3

生命中会遇到那么多心动的人，我们能抓住的少之又少。有时候觉得是爱吧，有时候又觉得只是单纯的欣赏。而情书的存在比起倾慕，更多像是一种自恋。忘不了那个多情又忧郁的深夜，清澈而激动的青春悸动。

西方思想中有一个悠久而阴森的传统，这个传统认为爱最终只能被认为是一种无法得到回应的东西，是一种倾慕：看到爱情得到回报的可能越渺茫，欲望就越旺盛。根据这个观点，爱只是一个方向，不是一个地点；达到目的，拥有被爱之人（在床上或以其他方式得到）后则会自行销蚀。（阿兰·德波顿《爱情笔记》）

情书是爱的刺青，心动的瞬间刺在回忆深处。

曾经为你写满那封相思的信啊，再也不会变成我心里那道轻快而忧伤的水印。

偶尔会觉得，我们好像有一样的重要的东西要去寻找，但却忘了是什么，又不知道怎么去寻找。我们忘了曾经为什么而新鲜，为什么而兴奋，为什么而孜孜不倦地去寻找、去失眠……

如果我真的爱过你，我就不会忘记。
当然，我还是得不动声色地走下去，说：
"这天气真好，风又轻柔。"
还能在斜阳里疲倦地微笑，说：
"人生真平凡，也没有什么波折和忧愁。"

（啊，突然好想再遇到一个让我想写情书的人……）

用你想要的方式把你放在心里

他是我上学时的笔友，自称郁先生。他说他在一本杂志里看到我写的诗，非常喜欢我的文字，他又刚好认识那家杂志社的编辑，于是查到了我的地址，便给我来了信。他的字很清秀，像女生的字，但字里行间却透着一种男性特有的温柔和沉稳。

从他寄来的信里，我得知他是一个公务员，在邻县的一个政府机构工作，工作很清闲。上班的时候他会偷偷地看书，偶尔他还会在信里把他在书里看到的一些喜欢的句子抄写给我。这些句子也被我转摘到我的读书笔记里，想着有机会一定要去读一读他读过的那些世界。

他还会向我絮叨同事之间的闲言和上司的顽固。他常常很细致地描写他们的某一次聚餐和同事的八卦，让当时还在上学的我觉得"工作"好似并不遥远，也并不可怕。

他还说他以前其实是想去当兵的，高中一毕业就准备去应征，可是被家人阻止硬塞进了政府机构。他说是男人都应该去军营里当兵，没有当兵将是他一辈子的遗憾。

因为那时我在电台做节目和给杂志投稿的关系，会收到很多听众者和读者的来信，收信和回信成了我在学校的生活里非常重要的一部分。在这些人里，有的人突然终止了联系，匆匆地相识又匆匆地消失了；有的人交换了电话号码从笔友变成了话友，最终慢慢淡去。笔友本身就是这样一种并不稳固的关系，平淡又梦幻，真实又虚妄，没有太多的期待，断了就断了，如风一般，就算强劲也改变不了什么。

但是，他是特别的。我像是在期待电视剧的下一集一般地期待着他的每一封信。他的信件仿佛一个完整的故事，断断续续却又联系紧密。信里的他成熟、稳重，有着自己的美妙世界，有着强势到左右着他的人生的家人，有着无法实现的梦想，感受过人生中无法触及的遗憾——如此遥远却又如此真实。

从我中师一年级下半学期开始一直到我毕业，我们的通信从未间断过：有的时候一周一封，有的时候两周一封，有的时候信迟迟不来，但也最多只间隔一个月。这仿佛成为了一种默契：我们从来没有问过对方除了书信之外的其他的联系方式，只是坚持着一人一封，他来我往；他不来我便等着。我始终相信总会等到的，就算所有的信都中断了，他的信，不会。

但在我快要毕业的倒数第三个月，他的信——断了。

断得非常突然，没有任何预兆，那段时间我反复地阅读他最后的那封信，试图在那封信里找到什么答案，那封信里讲述的是他和比他大五岁的姐姐的一次吵架。他因为一件小事惹怒了姐姐，一向很疼他的姐姐第一次对他发了脾气。他看到姐姐的眼泪觉得很惭愧。虽然自己已经是一个大人了，可是却仍然被家人呵护着。这么多年来，他好像没有为家人做过什么。于是那一天，他请了半天假，给姐姐买了她爱吃的蛋糕和喜欢的花，向她郑重道歉。他又看到姐姐的眼泪了。但这一次，他觉得很幸福，因为他拥有着对他这么好的家人。他还对我说，在这个世界上最可靠的就是亲情，希望我也能好好珍惜家人的情意。

一封和以前没有太多不同的信，真挚也真实，并没有我想要寻找的所谓的"预兆"。可是信确实就这样断了，突然而决绝。

毕业时，我之前联系好的工作泡汤了，同学们也都已经回了家，我独自住在学校里，享受着毕业生浓烈的孤独感，空荡的宿舍里只有我一个人出出进进。在这期间，我无数次地翻出他的信，安静地读着里面关于他的故事，像是一剂安定，总能让我的焦躁不安瞬间平静下来。

我带着他的信和行李离开学校之前，最后去了一次学校的收发室，他仍然没有来信。也许这一次，信不会来了。孤独感一瞬间将我吞噬，失落从心底一点一点溢了出来。

之后的生活里，我打临工，找工作，非常艰难地开始了我作为一个社会人的征程，对郁先生那迟迟未来的信的期待已经被忙碌和疲惫代替。在我终于找到了工作的时候，他的信来了，是低一级的学妹带来给我的。那封信很厚，足足13页。

他说，在这封信之前信上所说的一切都是假的。

他从来都没有上过班，甚至连上学都断断续续。他一点也不想当兵，而且根本就没有同事，连同学也没有几个真正认识他。"姐姐"

也是他虚构出来的，他是一个没有朋友的可怜人，一个患了很重的病，孱弱到随时可能离开这个世界的可怜人。

他没办法一个人出门，也没有办法长期呆在教室里，稍稍剧烈的运动就可能要了他的命。因为小学时的一次不小心，他差一点丢了性命，家人再也不允许他上学了。他被禁足了，每天只能在家里看书。这样的日子过了好多年。

终于，在一个初中生中考的日子，他偷偷地离开了家。他这辈子都没有办法参加这样大型的考试，但是他想要看一看中考时的考场是什么样子。他在学校附近徘徊，看着出出进进的考生，看着门口焦虑的家长。

到了傍晚，他决定找个旅店住下来。在前台办手续的时候，楼下跑上来一个穿着白色裙子的女孩。她刚从楼下跑上来，脸红扑扑的，气喘吁吁地问他××学校的房间在哪里。她竟然把他当成了旅馆的工作人员。他还没有来得及反应，楼道里便有一个人叫了女孩的名字，女孩应了声，向他道了声"谢谢"便匆匆离开了。

他就那样记住了女孩的名字，再没有忘记过。他在那家旅店住了下来。问了前台，他才知道，有很多镇里的考生都要到县里来考试，因为要考三天，所以基本上都会住在县城。那几天，他白天和之前一样在学校附近徘徊，不同的是，他开始下意识地寻找那个女孩。哪怕只是匆匆一瞥也好，只要再见到她那充满活力的样子——那种他这辈子都不可能拥有的充满活力的样子，他就知足了。可是，一直到中考结束都没有再见到她。

后来便是他沮丧地回家和更加严密监控下的禁足。

终于有一天，他在一本杂志上再一次看到了那个女孩的名字，而那本杂志刚好是妈妈工作的杂志社出的。他连哄带骗地让他妈妈帮他拿到了那个女孩的投稿信，一共有 5 首诗，厚厚的信纸里有很详细的自我介绍，让他确定了她就是他要找的那个女孩。他说那个女孩就是我。

于是他便很快地写了一封信，但是在反复阅读之后，他开始犹豫，他觉得没有人会愿意和他这样的一个连小学都没有毕业的人做朋友。他狠狠地撕掉了那封信，开始编造一个自己期望着的自己。

他从不奢望自己事业有成，也不奢望自己有多么大的出息，他只想过正常人的生活。如果他是一个正常人，他应该就会那样，普普通通的和所有人一样高中毕业，毕业之后就接受父母的安排做个清闲的公务员，有一群闲散又八卦的同事，还有一个事多又顽固的上司。

但是他应该有一个梦想，那个梦想应该是有朝气又有活力的，于是他说他想要当兵，因为军人是最有力量、最有活力且满是荣耀的职业，作为他的梦想再合适不过。

他写下这些期望，寄给我，每每收到我的回信时，就好似真的成为了那个期望中的他一般。但与此同时，他越发开始觉得孤单地呆在房子里的那个自己是那样不值一提，于是便有了那个想象中的姐姐，疼爱他，听他闲扯，也接受他的珍惜和爱护。

他说本来一切都会这样继续下去，可是上天却要因为他撒的这些谎而惩罚他了。他的病恶化了，他的时间不多了，这四个月来他都在重症监护室里半梦半醒。他还说在他的梦里，他见到了我，我还穿着那件白裙子，快乐地向他跑来，可是却突然变了脸，骂他，说他是个大骗子，要和他绝交。

于是他硬撑着用一个多星期的时间写下了这封信。他不求我原谅他，只是想告诉我真相。他说，人总不能背着"大骗子"的骂名死去。

读完信之后，我的心情很复杂。我第一次知道，欺骗竟然有着多重的含义，竟然有着这么多层的外衣，竟然可以让人如此地心痛又无可奈何。我没有他的电话号码，我甚至不知道他的名字，我有的只是一个终结于一个邮政局信箱号的地址和两年多来他写给我的一百多封信。

我匆忙地摊开信笺，可是却不知道要如何落笔，撕撕画画，最终，我只写下了自己的联系方式和"我想见你，请联系我"这几个字。有些东西我还不知道要如何分辨，但如果我不快一点见到他，我怕自己会后悔很久。

在焦灼地等待了一周之后，我接到了一个陌生的电话，他说他是郁先生，自然到像是在报自己的真名似的。

他说他想让我当他一天的向导，他要来伊宁市，想让我带他去几个他想去的地方转转。我问他病怎么样了，他说如果不好医生是不会放他出来的。我便答应了下来，但并没有确定日期。

在一个周末的早晨，我又接到了他的电话，他已经在市内的酒店里住了一个晚上，他让我去酒店接他。

我到的时候，他站在酒店大堂的落地窗前，清晨的阳光从窗口洒进来照在他雪一样白的皮肤上，他被笼罩在一圈光晕之中。我几乎已经记不清他脸庞的轮廓了，却记得他背着光面向我对我说："我老远就看到你了，你总是那么特别。"

我笑着，从包里拿出一本《哭泣的骆驼》递给他。我曾在信里说过我喜欢三毛的这本书，他说他一直想看却一直都没有买到，后来我在书店里见到就买下来决定送他。他看到我递给他的书愣了一下，但很快又笑了笑接了过去。

那一天我们一起，坐着他父亲朋友的车，去了伊宁市的很多地方。

我们去了伊犁河。他小心地触摸着那满是风尘的伊犁河大桥的桥头，望向流淌的河水和岸边的人，眼里一片清明，仿佛是在向这个陌生的世界问好。

我们去了西公园——我们那个年代里每一个在伊宁长大的孩子都会去的地方。他说他是第一次来。我们坐在公园的长椅上，周围很吵，他像个孩子一样东望望西望望。我告诉他我小时候和家人一起来这里玩时的场景，他听得很认真，仿佛要记住我发出的每一个音节。

他说想看看大世界（现在已经被拆掉了），我便带他到大世界街边的小吃店里喝酸奶，大世界是那个时候的伊宁市人口最密集的地方，就算是我逛街的时候也受不了，更别说重病的他了。他尽管始终都微笑地看向我，温柔地对我说话，像是信里的他那样，但是他看起来很虚弱，苍白的皮肤更是让人觉得下一秒钟他就要倒下了似的。他看着走来走去的人发着呆。那一刻，我觉得他好似已经置身于其他的世界。

傍晚的时候，他明显体力不支了，说话的声音都变得好小，却坚持一定要送我到家。我下车时他微笑着向我道谢，在关上车窗的时候，他向我挥手道别。

那是我最后一次见到他。那之后我们便再也没有联系过。

半年后，我接到一个电话，是个女人打来的，她说她是郁先生的姐姐，我回忆太久便知道她说的是谁，但是我承认，我还是回忆了一下。半年的时间人真的可以淡忘很多事情，他还在我的脑海，只是记忆已经被存在了需要搜寻一下才可以发现的地方。那个女人说想要见我一面，有些东西要交给我。

我们相约在一个咖啡厅，我一眼便认出了她，因为她和郁先生不但有张相似的脸，连那温柔的气质都几乎一样。她递给我一个铁盒子，里面全都是我写给他的信。我疑惑地看向她。她说，郁先生已经去世了，这是他特别珍视的一个盒子，里面有我寄给他的信，可奇怪的是，每一封我寄出的信的信封上都用订书钉订着一封他的回信。这一盒本来要烧掉的信就这样出现在了我的面前。

我摸着那些信，手不由得颤抖，仿佛可以通过这样的触摸感受到他似的。原来我每一次的信他都会回两封：一封是他想象中的那个自己回的，那些信他寄给了我；另一封是现实中的那个他回的，那些信都在这个铁盒里。我想象着他用现实中自己的心情写这些信的样子，不由难过起来。我没有勇气去看这些信，甚至连触摸它们都觉得疼痛。

"这些应该是他打的草稿，他写给我的那一份我好好收藏着，这一份请你们烧给他吧。"我低着头说。

我有些艰难地把装信的铁盒推向对面，逃跑一般迅速起身离开了咖啡厅。去之前我本想把他想象中的那个自己说给他姐姐听，那样说不定能够让他开始过平凡的生活，可是他已经不在这世上，说出那些也许只会让他的家人更加痛苦。他那么深爱他的家人，他一定不希望他们知道那些。但如果继续在那里呆下去，我怕我会忍不住想要倾诉。

一直到今天我都不知道他的那些信里到底写了些什么，也许我应该知道的，但我还是认为我应该尊重他的决定，就算是今天我仍然会这样抉择。他决定不把那些信寄给我，甚至从未提到过它们，就证明那些信并不是他希望我看到的，而他寄给我的真相我会把它当成全部的真相好好收藏。

他说他从来都没有上过班，甚至连上学都断断续续；他一点也不想当兵；他根本就没有同事，甚至连同学也没有几个真正认识他；"姐姐"也是他虚构出来的……

他还说他因为那一面之缘而记住了我的名字，他说他羡慕那充满活力的身穿白色裙子的我，他说他是因为在看到杂志上的诗才找到我……

这所有的一切就是他给我的全部真相。就算我中考时是住在舅舅家，根本就没有住过旅馆也从未去找过同学；就算我从很小就不再穿裙子了，也从来都没有穿过白色的裙子……我也都执着地相信着他，因为这是他想让我保留的他的样子以及他和我之间的故事。

用他想要的方式把他放在心里，也许就是我能够给他的全部友谊吧。

爱——不过是一场华丽的想象

　　咯吱，咯吱……晴花的皮靴和雪一起演奏着一曲快乐的音乐。今天是年终，晚上就要跨年了，商店里也播放着和新年有关的音乐。晴花伴着音乐咯吱咯吱地踩着雪，从天空落下的雪花也仿佛感受到了晴花的期待，一起跳着曼妙的舞蹈。

　　昨天收到了阿曼丽小姐的邀请函，她要主办一场跨年舞会。本来这样的活动晴花一向都是不会参加的：无趣又吵闹，他们讲的话题她慢好几拍的反应速度总是跟不上。只是这次跨年晚会的主题竟然是欢迎杰古归来！"杰古"两个字让已经决定在家里和周公一起跨年的晴花，动了丝邪念——要去！一定要去！

杰古是晴花"隔了两条街的邻居",这是他们一起上学时需要把对方介绍给别人时用的开场白,"他(她)啊,是我隔了两条街的邻居",然后就在听话者不解的眼神中故作随意地把话题转到别处去。每在这时晴花总是斜眼看向旁边,作与自己无关状。

直到高三时,杰古去了一个很遥远的城市,没有人再遇到他们俩一起,也没有人再要求介绍他们中的某一方,晴花才开始觉得杰古对于自己是一个和别人完全不同的存在。

他们一起长大,一起上小学、初中、高中。他们不怎么说话,偶尔上学路上遇到了,会远远地看到对方,微微地点点头。在同一间教室上课,也是相隔得非常遥远呈对角线分布。晴花个子矮坐在靠门的第一排,杰古个子高坐在靠窗的最后一排。只是直到杰古离开之后晴花才发现,她原来有一个时常靠着墙看向左后方的习惯,而那里再也没有了杰古。

而今,毕业多年。晴花大学毕业之后回到了这个曾经和杰古一起上学的小城,在街道图书馆里做一名小小的图书管理员。每天面对着那些被借走又被归还的图书,晴花觉得很是满足。这些图书如同一个又一个旅行者,出去旅行了,然后又回来,偶尔会有几名旅行者没有再回来,不知道它们遇到了什么样的旅行,决定或者被迫安居在了别处。就像杰古,离开之后没有任何音讯,没有人再说起他,没有话题也没有书信。他还好吗？晴花仰头看着这缤纷滑落的雪花在心里问道。

今天晚上就要跨年了，晴花选了一件白色的小礼服，披上妈妈准备好的摆在床边的兔毛披肩，不由得一阵紧张。雪仍然下着，完全没有停的迹象，但这丝毫不影响人们对于跨年这件事情的热情。平日里安静的街道上现在也已经嘈杂了起来，要是平日里晴花一定意见满满了——这样的纷乱扰乱了她看书的安静，可是今天，她甚至都没有注意到这一点。有什么东西被打乱了？是的，她已经乱了。

她脑子里想象着种种见到杰古的刹那，就像杰古离开的高三那一年一样：她走在街上，会想象杰古将会出现在街角，他们可能会像上学遇见时一样远远地点点头；她在图书馆，她想象当她一抬头杰古就坐在了她的对面，她强忍想要奔过去说话的冲动微笑着继续看书；杰古好像有可能出现在她所在世界的每一个角落，美术馆、琴室、咖啡厅、电影院。

直到有一次姐姐带她去一个男士免进的美容院里，她再一次满怀希望地打开门时，她才意识到，不知道什么时候，她竟然已经如此期盼地想要再见到他。只是现实是，他再也不可能出现，就那样没有任何迹象地消失在了那条对角线的另一头，如同融化在手心的雪花。当天晚上晴花在日记里默默地发誓，如果再一次见到杰古，一定要告诉他，她曾经如此地思念过他，如此地想要再见到他。日记的扉页点点斑驳，是晴花用眼泪按下的签注。

今天她脑子里的那一段想象再次开始活跃。她想象着再一次见到杰古的画面，背景是阿曼丽家大大的宴客厅，阿曼丽把杰古介绍给大家，而杰古在人群中独独看到了她……只是她要如何反应她要如何说话甚至如何微笑她却一点主意也没有；她还想象着杰古身边出现的另外一个女孩，他也许会轻松随意或者有些羞涩地介绍说：这是我的女朋友……只是她要如何控制自己的情绪如何一成不变地表现出见到老友的开心，她却一点主意也没有……

看一看表，时间不早了，墙上的挂钟仿佛在和什么赛跑般匆忙，滴嗒声让晴花更加慌乱。

是该出发的时候了。面向杰古的出发。

晴花走到玄关，拿出那双利用率非常低的超高白色高跟鞋，小心地穿在脚上；拿出为杰古准备的礼物。那是一个古老的马克杯，一直被摆在他们曾上学时必经的橱窗里。晴花每次都能在那个橱窗边上看到杰古，而杰古一直都盯着马克杯。杯子很贵，据说是这个小城的一个画家即兴发挥画下的，只有一个，所以价格被标得异常地高。晴花工作之后，花了半个月的工资才买了下来。她又坚定了一件事，就是再次见到杰古时，除了要告诉杰古自己的心情之外，她还要把这个杯子亲手交到他的手里。

晴花打开楼门，雪从打开的门缝里涌了进来。她不由打了一个激灵，这天儿着实有点太冷了。万幸的是阿曼丽家并不远，打车不过 10 分钟的路程。街上的行人很是匆忙，从脚步上都可以判断出他们将要赶往一场快乐又华丽的宴会。

走过一条街，晴花的脚已经有些僵了，有点后悔刚刚没有坚持再等一下车，竟然就决定走过去，不过转念一想，也许这样冻一冻更能让自己冷静一些。雪越发大了，让她有点看不太清前方的路，积着厚厚的冰的路上，机动车道和非机动车道的界线几乎无法分辨了。晴花加速走过马路，突然听到一阵剧烈的刹车声，身体好像飘了起来，和雪花一般缤纷飞舞。待她站定不由得狂出一阵冷汗，着实不该在自己穿着这么高跟的鞋子，还下着这么大雪的晚上选择步行。

晴花继续前行。也许是因为刚刚的惊吓，她已然觉得平静了许多，至少手心不再紧张得出汗了。阿曼丽家里客人很多，晴花跟着一群不认识的人一起进入了客厅。和自己相比，阿曼丽在这个城市的交际面可广多了。她看到阿曼丽正忙东忙西地张罗着，便不声不响地找了角落里的位子坐下。

　　舞会很快就开始了，只是杰古却一直都没有出现，晴花也不好意思上前打听，因为她看到阿曼丽正一个接一个地打着电话。客厅里响着华尔兹的音乐，大家纷纷跳起舞来。晴花不太擅长，不过很幸运，也没有人来邀请她跳舞。

　　这时客厅的门开了，一身雪的杰古出现在了门口，脸上满是匆忙和惊慌的表情。她看到阿曼丽一脸微笑地迎了上去，她也不由得站起了身走上前去，心里的节奏已经无法随着华尔兹的步调跳动了，脑海里不断地问自己要说什么要如何微笑，可是无论怎么搜寻都是一片空白。

　　"发生什么事了？杰古，你怎么这么晚才到，所有人都在等你呢！"

　　"刚……刚在路口我撞了人……"杰古大口喘着气说。

　　"啊？怎么会这样？"阿曼丽顿时慌张起来。

　　"撞到的人是……是晴花！"杰古捧了捧手中的礼盒……

　　晴花顿时木然了，那不正是自己给他的马克杯吗？她看了看自己的手和身体，好白，白得有些透明。她奔出门去。她不知道自己怎么能走得如此迅速，一出门竟然就是刚刚走过的路口，那里已经被围了起来，人们在外围围成了一团，远远地就可以听到妈妈的哭声："都是我的错，都是我的错，我不该把你从医院里接回来，却还要去加班。晴花对不起！晴花醒醒！晴花别丢下妈妈一个人……"

晴花看着躺在面前的自己的身体，顿时有一些细碎的画面在眼前划过——手腕上那一道道划过的疤痕是自己的杰作。她没有自己想象的那么怯懦，刚上高中的时候，她就递了一封情书给杰古，只是他做出的选择是把情书放在了学校论坛里的"极品专区"中，那个专区里的帖子都是同学们在学校遇到的各种极品。

晴花一下子就出了名，成了学校里的极品，成了一个血淋淋的笑话！只是她也没有自己想象的那么勇敢。她一次又一次地想要杀死自己。后来她失去了与这个世界交流的能力，最终妈妈将她送进了精神病院。

杰古从来都没有离开过这座小城，高中毕业后，他在这座城里开了一间叫作曼丽的书吧。离开这座城市的人是晴花。晴花从他们应该上高三那一年开始就住进了另外一个城市的精神病医院，由重度抑郁症患者转为妄想症患者……

而现在，她痊愈了。她冰冷地躺在被冰雪覆盖的公路上，那辆肇事的车就停在旁边，深红的颜色在雪夜里显得异常美丽。她突然想起阿曼丽是自己的同桌，深红是她最喜欢的颜色。

晴花微微笑着，脱掉那双穿着很累人的高跟鞋，光着的脚踏在雪地里，咯吱咯吱，咯吱咯吱！和远处传来的新年的钟声一起汇成一曲快乐的音乐。

最美好的爱情绽放在最
绝望的时光里

/ 张躲躲 /

阿 0 是个腼腆害羞、性格内向，除了闷头学习什么都不懂的胖姑娘。如果说前面三个修饰语对于一个姑娘来说并非贬义，那么"胖"字的出现真的让她的桃花运多了好几分坎坷。 一个男生学习成绩好的话会被捧为学霸，要是体育成绩再好那便可升级为校草，可是一个女生学习成绩好就会被黑成灭绝师太，要是身材长相等物理条件再很随意，简直会成为鄙夷的对象了。这很不公平，却是事实。

阿 0 带着比较端正的态度度过了孤单的青春期。她知道自己不漂亮，但是这并不妨碍她有漂亮的内心。唐诗宋词随便一首她都能吟得有滋有味，一手文徵明行楷写得潇潇洒洒，多少年来语文老师都会巴结她让她在黑板上写板书。

女生之间聊心事的时候大家猜测阿0会喜欢什么样的男生。大家都觉得她会喜欢那种才华横溢的才子型，然后二人琴瑟在御莫不静好。阿0笑着不作声。其实她也是少女心，也喜欢帅哥。才华固然诱人，却没有身高和脸蛋来得直观，这个谁都明白。但是她不敢说出来。

进入大学之后，阿0在篮球赛上注意到三分男。她对篮球是外行，但因为是集体活动全体女生必须都去摇旗呐喊，她就站在一边看热闹。三分男的过人带球上篮动作超帅，轻而易举就成为女生关注的焦点。阿0也不例外。其实在此之前她并没有过多关注过三分男，因为她不是花痴。即便因为她第一名的入校成绩而被班主任任命为班长，她也没有很快记住所有人的名字。一直到这次篮球赛，她才算彻底记住了他。

球赛间隙叽叽喳喳围着篮球明星说这说那永远是活泼小女孩的专利，阿0从小到大都没这样做过。看到院系里很多漂亮女生都在三分男身边说说笑笑，她觉得自己根本没有资格挤过去。那样子就像一大群美羊羊围在喜羊羊身边突然冒出一个暖羊羊一般很不协调。只有在考场上阿 O 才有做主角的机会，其他时间段她都会默认小透明——哦不，是大透明，因为她胖。

但是就在她保持一定距离远观帅哥的时候，三分男竟然越过人群对她喊了一句："班长，怎么不过来给我打打气！"

腼腆的阿 O 竟然觉得天旋地转，紧张得透不过气来。

学习能力惊人的阿 O 很快掌握了篮球比赛的所有规则，成为场边所有欢呼雀跃的女生中真正看得懂篮球的少数分子之一。她甚至在体育课选修的时候选了篮球，自嘲说健美操和体能素质都不适合她。实际上她只是希望每次打篮球的时候可以想象三分男潇洒地三步上篮的样子，幻想自己突然精进的球技可以让他惊叹一下下。

女汉子是怎样炼成的？当一个女孩久久盼望的男生不出现，她自己会不自觉地变成那样。当一个女孩久久盼望的男生终于出现了却不喜欢她，她还是会不自觉地变成那样，然后向他靠近。阿 O 是典型的这样的女生。

果然，以练球为名，阿 O 和三分男接触的机会明显增多了。那个学期的体育课恰好是上午三四节，下课之后爱玩的人都会在球场上多逗留一阵子，玩个人多时候玩不开的花样动作什么的。三分男总爱在那个时候扮演流川枫玩酷耍帅，胖乎乎的阿0自然学不会他的动作，但是她三分上篮的样子已经比其他女生潇洒很多。那时候三分男经常甩一甩额前的汗珠，笑得露出洁白的牙齿说："班长，看不出来，你也是高手呢！"阿0就有点儿方寸大乱，慌乱笑着说："我是偷着练习的，考试要考投篮，我担心考不过。"

如果阿0知道三分男接下来的那句话，一定不会这么说的。可是阿0知道三分男接下来的那句话吗？她不知道，所以，她说："我是偷着练习的，考试要考投篮，我担心考不过。"三分男笑起来的样子阳光灿烂，他说："那我陪你一起练啊，看咱们谁进得多！"

少女心尘封了好多年的阿0忽然就看见呼啦啦无数只白鸽逆光飞翔在蓝天下，分不清那里面哪一只是天使丘比特。

三分男不是大话精，他说到做到，果然陪着阿0练球。当然也不止他们两个，还有三分男同寝室的两个哥儿们。这个三加一的组合越来越多活跃在学校那片篮球场上，体育课后，或者是晚自习后。

很多年后，阿0回忆起那段练球的时光，脸上都挂着月光一样皎洁的笑容。她站在罚分线后面，一只手高高托起篮球，另一只手在篮球后面用力把它丢出去。三分男就站在她身后，帮她纠正手腕和小臂的位置以及用力点。他的个子很高，下巴会不经意地碰到她的头顶，说话的时候胸腔嗡嗡嗡地像一个音响，嗓音低沉却很悦耳。他说："记得，是手臂用力，而不是手腕。瞄准上面边框的线，球会反弹到筐里。"他还说，"笨笨，不要急着投空心啊，你的力度还不够。""你物理学得好啊，记得丢出一道抛物线就好了！"

阿0把自己的手臂稳了又稳，心静了又静，鼓足勇气，抛出一道美丽的抛物线，球稳稳进入篮筐。三分男惊叹："好厉害啊！"阿0回头，看到他弯弯的笑眼，整个人几乎要醉在那月色里。如果你年轻过，一定知道这事儿有多严重。

那时候网络联系还没有像今天这么普及，很多人还喜欢写信。阿0高中时候虽然是让人望而生畏的女学霸，但是总会有很多其他的学霸喜欢跟她亲近，所以她的朋友不少，信也不少。

三分男热心肠，最喜欢每天拿着钥匙去开班级的信箱，几乎每天都有阿0的信。每次三分男拿着信乐呵呵地递给阿0，都不忘记说："男朋友吧？这么殷勤地贴邮票！"阿0的胖脸红得像个西红柿，憨憨一笑说："不是，都是好朋友！"三分男说："以后我也给你写信！"一起打篮球的伙伴在一旁支嘴："情书吧！"三分男拍他脑袋："死开，别乱说！"

阿O觉得老天真是厚爱自己。那么帅的男孩，全学院女生都倾慕的男孩，怎么会跟她说这么多话呢。他当然不会给她写情书啊，但是她不奢求那么多，她觉得只要他们一直能像现在这样做朋友，一直有说有笑，能够打球之后一起擦着汗去喝冰冻可乐去吃炸酱面，就很好啦。

但是该死的三分男，总是有一些让人想入非非的举动。

有一阵子，阿O的信少了，甚至很多天才有一封。三分男就在上专业课的时候坐在她后排的位置，问她："最近怎么信少了？"

阿O说，很正常啊，大学的新鲜劲儿过了，大家写得少了呗。

三分男就逗她，还以为你失恋了。

阿O也趁机开玩笑："你不是说你会给我写信吗？信呢？"

三分男撇撇嘴说："上课！"

专业课好无聊，一个大教室里满满的人，只有阿O在奋笔疾书抄笔记听导师讲课，其他人不是在写信就是在睡觉要么就看漫画。

快下课的时候，三分男揪一揪阿O的衣服，然后把个什么东西塞进了她连帽衫的帽子里。

阿O回头瞥他一眼，他诡笑。

阿0拿出那个东西看，竟然是个手工做的小信封。上面精巧地画着邮票，还画了邮政局的章。收信人写的是阿0。

阿0打开信封看，里面有信。信纸上歪七扭八写着："晚上一起打球啊，比赛三步上篮，输了的请喝汽水。"

阿0低头笑，又怕别人看到她在笑。那感觉好奇妙。

班上很快有了两个绯闻：一个是关于三分男的，另一个也是关于三分男的。

第一条绯闻说，阿0喜欢三分男，很喜欢很喜欢，为了他才选了篮球选修课并且苦练三分球技。第二条绯闻说，班上另一个女生喜欢三分男，很喜欢很喜欢，每天晚上给三分男打电话一打就打到凌晨两三点钟。

对于第一条绯闻，阿0有些手足无措，因为这几乎不能算作绯闻，简直就是她的内心表达。而对于第二条，阿0几乎方寸大乱。她早知道喜欢三分男的女生多，但是如此大胆表白的人竟然这么快出现，是她始料未及的。而且她相信，三分男必定有意于她，否则不可能通电话那么久。

阿0开始留意观察那个女生。她真的很好看，而且，不知道是不是因为恋爱的缘故，她似乎比以前更好看了。女生刚刚进入大学的时候就像土斑鸠不懂得打扮，而上了一阵子大学之后开始懂得穿衣打扮，土斑鸠很快就能变成凤凰。那位漂亮的凤凰是班里蜕变得最快的一枚，阿0很不情愿地相信，她和三分男几乎是天造地设的一对。而她自己，打了那么久的篮球，除了饭量大增人更粗壮之外，几乎没有任何变成凤凰的迹象。阿0默默地承认，自己只能当绯闻一中的暗恋女主角了。

经常一起打篮球的三分男的室友偷偷对阿0说："你怎么那么傻啊！"

阿0不明白自己傻在哪里。

室友说："你读书读傻了，智商太高情商太低。"

阿0就更晕了，自己怎么就情商低了？

室友说："某某某追求三分男追得可紧了，成天往我们寝室打电话，我都烦了。"

阿0假装大方地笑："这跟我有什么关系？"

室友恨铁不成钢："再这么下去你可能就没有机会啦！"

阿0苦笑，好像她曾有过机会似的。如果说比赛三步上篮或者专业课成绩，她有信心跟三分男比肩，可是，若说站成一对恋人，三分男还是会选某某某的吧。有哪个男生不喜欢小鸟依人?

就在阿O自我贬低的时候,三分男主动约她吃了一次饭。这是两个人第一次一起吃饭,阿O紧张得不行。那会儿已经入夏,小店开始有炒田螺卖。三分男买了一大份炒田螺,两瓶啤酒,笑问阿O:"咱们一起干一杯?"阿O男孩子一样大大咧咧笑着说:"好啊,三步上篮不输给你,喝酒也不会!"

阿O喝得豪迈,三分男也觉得前所未有的敞亮。他说:"班长,你哪一点都好,唯独不够勇敢。"

阿O紧张得不行,问:"什么意思?"

三分男想了半天说:"呵呵,也没什么,我是巨蟹座,可能想多了。"

阿O顿时哑口无言。巨蟹座怎么了?为什么巨蟹座就想多了?她多希望自己真的是百科全书,立刻懂得高深的星座奥秘一下子明白三分男的意思。可惜她不懂。她只能傻呆呆地捧着啤酒问:"巨蟹座怎么了?"

三分男笑笑说:"没什么。就是谨小慎微,恋家。"

阿O也笑了。她只能用笑来掩饰自己的无助,她想不出怎样回应这个自己喜欢的男孩。他批评她不够勇敢,难道是希望她勇敢一些追求他?像那个整夜给他打电话的女孩一样?

吃到最后下起了小雨，一直到很晚，雨没有停的趋势。阿0说："太晚了，宿舍要关门了，我们跑回去吧。"三分男似乎觉得这个晚上不会有他想听到的那句话了，点头说好。两个人一起跑进了夏日细雨里。

　　很多年后阿0还记得那个晚上，雨不大，毛茸茸地扫在脸上很舒服，淋在她的头发上像是有一只柔软的手在拍她的头。她从那个时候开始决定把剪了多年的短发留长。她想，若是她有一头飘逸的长发，在细雨中和心爱的男孩一起跑步会更浪漫。

　　阿0的宿舍楼先到了，她问三分男："要不要我去给你拿把伞？"

　　三分男的短短的头发已经湿透了，他抹了一把脸上的水珠潇洒地一甩，说："不用！"然后抬手拍了一下她的头说："赶紧上楼洗个热水澡吧，要不会感冒的！"阿0的心咚咚咚狂跳了几下，却只"嗯"了一声，然后转身上楼。

　　走了几步，三分男在她身后叫了她一声。

　　阿0回头看他，他在细雨中挥了挥手说："以后我们还是好哥们儿！"

　　"哦。"阿0深吸了一口气，憋住眼眶里的泪水，努力给他一个大大的微笑，说："好！"

后面的日子里，三分男和那个擅长打电话的女孩公开了恋情，每天如胶似漆，甜得蜜糖一般。上课的时候两人坐在一起，迟到一起，早退一起，午饭一起，晚饭一起。打球的时候女生帮他拎外套拿矿泉水，下课之后三分男会帮她拎着包等她去洗手间。

偶尔，阿O和三分男以及他的室友还是会一起打球，但是打球之后不再有机会一起吃饭，三分男会第一时间被女友叫走。

室友替阿O不平："我一直以为你们俩才是一对啊！？他不是约你去吃饭了吗？你们怎么谈的？"

阿O就有些失神地说："也许我们星座不合吧，呵呵，做哥们儿会比较好。"

室友就说："屁星座。"

阿O笑得有些苦：是啊，屁星座，如果一个男生喜欢你，不管火星还是水星都会喜欢你，不管巨蟹座还是狮子座都会喜欢你。但是阿O没有说出来。她对三分男的室友说："星座很有意思，我已经开始研究了。"

室友哈哈大笑："你是学霸，说不定稍微一研究就能成专家！"

阿O也爽朗地笑："我已经成优秀篮球运动员了，如果有一天成为星座专家，一点儿都不奇怪。到那个时候再感谢他真的是一点儿都不迟。"

这世间最励志的事情有两样：一样是看着比你丑比你坏比你懒的人比你过得好，另一样是看着自己喜欢的人跟另一个人在你眼前晃来晃去柔情蜜意视你如尘埃。我是个小心眼的小女人，遇到这种事儿要暴饮暴食好几碗米饭，但是阿O比我强得多，她开始节食。她并没有责怪三分男的薄情，更没有哀叹自己很可怜。她照旧上课、打球、泡图书馆，照旧占据班里学霸的位置，拿奖学金，参加学生会活动，丰盛而壮烈地享受自己的大学生活。

正如三分男说的，她是一个好哥们儿。

阿O有一个千金难换的好性格。她大方，不矫情，能吃苦，几乎能跟所有人打成一片。因为知道自己不是美女，就没有那些所谓的公主病。无论什么人找她帮什么忙，她都会爽快地答应下来。各种活动只要有她参加就有欢笑，她的成绩总是好得让人羡慕不已。

阿O不是没有伤心过。有时上课，三分男和女友就坐在她的身后，说说笑笑，嘀嘀咕咕。恍惚间，阿O会想起书信往来很多的那些日子，三分男每次拿信给她都会说："你的信件好多啊！我也给你写一封！"他给她写的"信"，她小心翼翼收在一个精美的盒子里，压在所有心爱小物的最下面，就像童年物资匮乏时久久不忍去吃的一粒糖果。

那个坐在她身后，递给她一封手写的带着手绘邮戳信的男孩，不再有。

毕业时，阿0保送到顶级学府去念硕博连读。

三分男考研失败。

三分男的女友考上了老家地区公务员，跟他分开了。

阿0离开前，三分男说请她单独吃个饭。阿0同意了。他们又去了当年一起吃炒田螺的小馆子。盛夏，正是吃田螺的旺季，三分男又点了大份炒田螺和冰镇啤酒。

他和当初没有什么变化，依旧是瘦瘦高高的帅，干净利落的平头，牛仔裤T恤，大男孩的样子。阿0的变化才大，她变得窈窕，留了长发，还穿了以前没穿过的长裙子。

三分男开玩笑说："哥们儿你变化好大！"

阿0说："这要谢谢你。如果不是你跟我聊星座，我都不知道自己是个天秤座，不知道自己的星座很优雅，很浪漫，很聪明，很讨人喜欢。以前我一直觉得自己很没用，看了星座之后居然找到了另一种活法。"

三分男哈哈大笑："学霸就是学霸，看什么都会变成专家。所以我一直很敬佩你！干一杯！"

阿0豪爽地跟他碰杯。她终于明确了他们之间的定位，他敬佩她。她的所有想跟他比肩而立的努力，换来的不过是他的敬而远之。男人真的是一种有意思的动物，无论他是蟹子还是蝎子还是狮子，他们都喜欢比他们弱小的女人——也仅仅是看起来比较弱小而已。虽然从来没有正面问询过，但是阿0早就听说，三分男和女友分手时相当狼狈，女友狠命责怪他："你怎么这么没用！成天就知道打球玩游戏，考研考不上，考公务员考不上！我跟你在一起看不到未来！"

阿0不希望三分男难过，所以不想过多安慰，只是倒了一杯满满的酒，说："巨蟹座都是恋家的好男人，兄弟这一走不知道哪年再相见，提前祝你找到好工作，找到好老婆！"

拉拉杂杂说了很多话，阿0知道，自己很想一直这样聊下去，聊下去。她最美好的爱情虽然绽放在绝望里，可她依然无比珍视它。

可惜天下没有不散的筵席，田螺再美味也有吃完的时候，冰镇啤酒再爽口也有喝醉的时候。微微有些醉的时候，阿0说："不能喝了，我得回去了，收拾收拾东西，明天中午的火车。"

三分男说："明天我去送你，还有寝室那几只。大家哥们儿一场，以前总一起打球，以后怕是没这个机会了。"

阿0摇头说："别了吧还是，干吗弄得那么煽情啊，又不是什么生离死别的。以后见面的机会多得是，再不济还能网上视频聊天啊，说不定你明年考研就到我们学校了呢。"

三分男说："好，借你吉言。"

然后就一起回寝室。路太短了，阿0真希望走不到头。终于盼来了这一天，她留了长发，穿了长裙，和他并肩走在凉风习习的晚间校园里，却是即将久别离。

还是先到了女生寝室楼下，阿0说："我到了，你回吧。"

三分男说："好。"但是没走。

阿0回头挥手说："走吧，我会一路顺风的。"

三分男撇了撇嘴，挤出一个微笑说："没什么要说的了吗？"

阿0忽然就觉得万箭穿心，面前这个她喜欢了四年的男孩子，真的就像一个孩子，与星座无关，与年纪无关，与爱好无关，他不过是个任性的孩子，在一个明明很喜欢他的女孩子面前努力寻找存在感。他希望她先开口说爱他。她为他做了那么多，他选择看不见，他只是希望她说爱他。

阿0吸了吸鼻子，走回三分男面前，努力做了一个大方的微笑，张开怀抱说："抱一下吧。"

阿0永远记得那个怀抱，有炒田螺和啤酒的香气，有年轻男孩温热的鼻息，他那只可以拿起篮球的手，在她后背轻轻拍了两下。

然后她转身回宿舍，没有说再见。

阿0和三分男没有再见面。

在她的私藏小抽屉里，一直留着他手写的那封"信"，和她为他画的一幅漫画像。所有暗恋过的人都知道那样的时光有多漫长有多绝望，却最难忘。

骄傲是个胆小鬼

／左小姐／

　　晚上看《爱情公寓3》。看到胡一菲为曾小贤吃醋，和诺澜比网球，结果她赢了，还来不及高兴，诺澜却崴了脚，曾小贤冲过来责怪地看了胡一菲一眼，然后背起诺澜离开。我看着握着网球拍身体站得直直的胡一菲，突然觉得心疼。

　　曾小贤拖着行李说要搬出去照顾诺澜。他说诺澜已经说喜欢他了。

　　胡一菲说："那很好啊。那你呢？"

　　曾小贤说："我……我喜欢被动。"

他转身，又回头，看着胡一菲说，"最后我还想问你一个问题。"

"你问啊！只要你问我就敢答！"胡一菲似是豁出去了。

可是曾小贤问的是——"你会祝福我们的吧？"

好在这只是个梦。

下巴微微扬起。

这个骄傲的姿势，很适合骄傲的胡一菲。

我知道，胡一菲说只要你敢问我就敢答，是在期待曾小贤问她——"你喜欢我吗？"

记得看《凤囚凰》第一遍时，心里已经将男主角容止封为古言第一腹黑男神。他精于算计，无论何时都清醒、冷静，似乎任何人都是他掌控的棋局中的一粒棋子。至于女主角楚玉，实在不得不暗叹作者怎地如此厚此薄彼，让女主在男主面前如此囧。

之所以有这种感觉，都是因为女主表白被拒那一幕。

楚玉问容止，你是否曾有一点喜欢过我。而容止道，一点都没有。楚玉割发断情，结果砍得不利索反而刀缠住了头发，还得容止帮忙理清。我真是汗涔涔……心想作者太不厚道了，表白被拒就够丢人了，让她赶紧走人不就行了，还挥刀断发，结果断得这么囧，真是脸都丢到家了！

可是时隔两年再看第二遍时，却完全变了心，我真心喜欢上了楚玉。甚至以前认为的女主全书最丢脸的一幕，如今却成为我心里女主最闪光的一幕。

喜欢她明知可能会得到最冰冷的答案，但还是忍不住红了脸问："那个，我喜欢你你知道吧，那么，你有一点喜欢我吗？"那样压下骄傲心存侥幸的勇敢。喜欢她在得到容止"一点也没有"的答案之后，似是松了口气的态度，以及削发断情的窘态之后，坦然离开的背影。喜欢她在与容止分道扬镳之后，毫不留恋过去，再也无视容止似是而非的撩拨，认真过自己生活的态度。

我喜欢上楚玉，喜欢那份坦荡和勇敢。

没错，我是喜欢你，但那只是我一个人的事。所有的付出，都只是我的心甘情愿，这不成为我要求你喜欢我的条件。说出喜欢，不是我爱你爱到非说不可，我只是要给自己一个结局——你若有意，我们就一起走下去；你若无情，我们便就此分道扬镳。

偶尔会看《非诚勿扰》，有一位女嘉宾，忘了名字，就叫 A 吧。记得有一期，一个男的专门为某女神而来，女神表情犹豫尴尬，欲拒绝，这时现场所有灯都已经灭了，只剩下一盏 A 的。孟非问她留灯是什么意思，她说她喜欢他，愿意留到最后。如果说此时看 A 如此冒险的勇敢我只觉得太傻，那么看到她被拒绝之后坦然的微笑，我就只有钦佩了。顿觉那满脸写着"我不愿意"又欲说还休的女神此刻已经黯然失色。

其实在那时候，明知他属意他人却还表白很不理智，但遵从内心。而遭拒后的不卑不亢更显示出她强大的自信心。

多希望自己是第二种，或是第三种，偏偏我就是拧巴的第一种。

所以在《爱情公寓3》里胡一菲和曾小贤暧昧了三季还没捅破又留下一个抉择大坑时，我几乎想大喊曾小贤你还不表白是要死吗？！好吧，与其说是对曾小贤喊，不如说是想对某个对象喊：快点表白好吗！再不表白黄花菜都要凉了好吗！

就是这样，明明已经喜欢上了，明明心里想得要死，却偏偏绝不说出口，一定要微微扬着下巴，等着他把爱情呈到你面前。一定要骄傲，要姿态，要被动，要台阶。

如果他没有这样做，你就开始否定这份感情，觉得他肯定并不喜欢你，不然怎么不给你一个坚定的答案呢，可是又总有一些蛛丝马迹，似乎暗示着什么，令你不忍真正放弃。就这么耗着，一个人在心里上演各种内心戏，或失落，或纠结，或焦虑，或欢喜。好像有一根线牵着内心最敏感的一角，若无动静，心便空落落的，努力否定太过自作多情的猜测，可若拉扯一下，此刻心情雀跃得越高，下一秒又会跌得越重。他那里一点风吹草动，你这里就是惊涛骇浪。

情绪受到太大的影响，竟然已经达到自己不能控制的地步。越来越多的不安、否定、负面的情绪，令自己都不像自己了。在希望—失望—希望的循环往复中，或以失望放弃结尾，或带着希望继续这自虐的循环。

这就是暧昧。

在暧昧里，骄傲的人结束的原因，是终于确定对方不喜欢自己。

而太过骄傲的人结束的原因，是始终不能确定对方喜欢自己。

既然不能得到肯定，那就干脆一点也不要。

回想自己如此多的无疾而终的暧昧，我遗憾的是，那么多次，我竟从未对任何一个人说过喜欢。那么多若有似无的情感里，我竟从未干脆承认过自己。

说出口，就算是得到否定答案，至少也能让自己有一个正式结束的仪式呀，至少是确认可以结束了。经年之后，不会以"那时候他其实也喜欢你""好可惜，两个人都没说出口"这样遗憾的方式回忆当初啊。

说到底，还不是因为自己是个胆小鬼。

一味要骄傲，要姿态，不过就是没有勇气而已，不过就是害怕被拒绝而已，不过就是怕失败而已。所以宁可内心虐自己千万遍，也要表面淡然平静，好似若无其事。在确定他的心意之前，坚决不肯流露自己的感情。

难怪我心疼胡一菲，喜欢楚玉，佩服 A。

因为胡一菲就是我现在的样子，楚玉就是我想成为的样子，A 则是我恐怕此生都难以企及的样子。

爱情里，我太缺乏那样一种坦诚的勇气。

为什么不坦诚呢？说出口，未必就丢失了什么，说完喜欢，他拒绝，然后你转身利落走掉，这个过程难道很丢脸吗？好像也没有，反而还带着点凛冽的味道呢。

看看楚玉，看看她付出时的用心，表露心迹时的坦然，遭拒时的释然，以及转身时轻盈的步伐。

那样的姿态，那样的勇敢，好像全身都散发着光芒。

所以其实表个白，未必是一件有所要求的事，未必就是一定要他答应的事。或者说，这纯粹就是你自己的事。你觉得受够了，憋够了，被虐够了，要结束了，要解脱了，那就去表白吧，给自己一个痛快的结束。然后即刻转身。

下次，若你喜欢上一个人，把骄傲放到一边，力所能及地对他好，在足够喜欢他了，想要做出改变的时候说出你的喜欢。

他喜欢你，你可笑得甜蜜；他若回你不喜欢，你也能释然一笑，谢他帮你拿掉这个包袱，令自己转身轻装上路。

婉转暧昧，不若一句脆生生的喜欢。

别做骄傲的胆小鬼。

说出来，也放下来。

2

那些突然之间发生的事

亲爱的，人都是会变的

陈亚豪

"人是不是一定会变？你说是因为什么？"朋友夜里发来信息。

记得之前在那篇《她惊艳了时光，她温柔了岁月》随笔里写过，爱情里最伤人的一句话就是"亲爱的，人都是会变的"。人确实是会变的，可究竟什么能真正改变一个人呢？

这些年看到身边很多朋友都变了，变得或多或少，变得或好或坏。一直认为"你觉得自己怎么样？"是这世上最难回答的问题，我们每个人可能用一生的时间都无法真的了解自己。

即便真的清楚自己是怎样的一个人，也不会知道未来的自己会是怎样的。很多时候，一个人生命中真正的改变都是从遇见了另一个人开始的。而这个人的到来总是突然而至，可最后又往往悄然离去。

一个老朋友问过我："你说什么样的爱情是最好的爱情？"我想了半晌答不上来。她说："在这段爱情里，在你爱这个人的时光里，你更加了解了自己，并且学会了如何去爱一个人。"

倘若从未真的爱过一个人，你便不会更清晰地看到自己。因为当你爱一个人的时候，你会为他做出很多你从未做过甚至从未想过的事，为他疯狂，为他悲伤，为他勇敢，为他自卑。为了所爱之人甘愿磨去棱角，改变性格，甚至放弃梦想。在爱这个人的时光里，他就好像一面镜子，你的潜力，你的懦弱，你的不惜一切，你的不堪一击，全部赤裸裸地投射在这面镜子上，而镜子里的那个人是你从未见过的自己。

如果有一天你已视曾经那个深爱的人安之若素时，走到一面镜子前安静地看看自己，想想自己曾经的模样，也许会不由自言自语一句："真的变了。"就像我们常挂在嘴边的："我为他改变了很多。"

每个人对自己的定义其实都不准确，如果想知道自己究竟是怎样的一个人，不如就去问问那个你最爱的人，曾经最爱你的人也可以。只因那时的你在他面前会毫不设防地表露出自己的一切，只因那时的你会为他毫不犹豫地做很多从未想过的事，只因那时的你会为他心甘情愿地变成一个连你自己都感到陌生的人。

可往往在我们改变自己的时候谁也不会发现自己的改变。当一个人跌入爱情的深渊时，他是看不到自己任何改变的，等他发现时，也许已经改变了模样，甚至更换了一种人生。

记得小时候有一个阿姨，是妈妈一个很好的朋友，她是个事业狂，把理想和事业永远放在第一位，为人处事强硬得像个男人。每次见到我就知道给钱，一点也没有女人温柔的气息，固执己见，几乎从不妥协。听妈妈说她还特意在一个本子上给自己定下很多准则，从不违反。就是这样一个非常坚定自我并且几十年如一日的人，后来她遇到了一个她深爱的男人，为了那个男人她几乎付出了全部。让人想不到的是她轻易地就改变了过去的自己，她一条一条地把本子上以前写过的准则全部划掉。最后他们结婚了，她辞掉了工作，专心在家带孩子，毅然决然地放弃了自己打拼下来的事业，成为丈夫无微不至的贤内助。

一个哥们儿，享受生活，放纵情感，风花雪月，坚信人不风流枉少年，有着牡丹花下死做鬼也风流的节操。后来遇到了一个对他细致入微、温柔如水的女孩，两人在一起没多久，他便换了手机号，也不再使用任何社交网站，一心一意地守在女孩身边。从遇到那个女孩之后从未再和任何一个女孩亲密过，哪怕吃顿饭也没有。只是两个人没有走到最后。后来他有了新的恋人，可心里一直很感谢那个女孩，感谢她带给他的所有改变。虽然两人没有幸福的结局，但他此后很奇怪地一直相信着爱情。

中学时的好朋友，很漂亮的女孩，大学时桃花朵朵，身边从不缺帅气的男孩。那时的她不能说是玩弄感情，只是从不让自己陷入感情的旋涡中，时刻保护自己，不多向前踏出一步。后来，她和相恋多年的男友分手，爱上了另外一个男人。这个男人条件很不错，可如果论真心与疼爱都比不上过去的男友，可她爱那个男人爱得死心塌地，她说自己从来没有为一个人如此地不顾一切过。她为那个男人洗袜子、做饭、收拾屋子，从过去那个集万千宠爱于一身的大小姐变成了一个听命即从的小丫鬟。可惜，她遇到了一个错的人。这个男人在和她在一起的同时和另一个女人也展开了一段恋情，名副其实地脚踏两只船。她发现后便毫不犹豫地离开了他。

可是，虽然人离开了，心却未离开半步。这段痛苦的经历和记忆折磨了她将近一年的时间。

再见到她时，整个人的变化吓倒了我。有一阵子我觉得她脑子出了问题，言谈举止完全就像一个陌生人一样。形容不好那是怎样的变化，好似前生今世一样，就好像她点击了人生的快进键，嗖嗖地先过完了这一生。

她删去了自己网上所有的照片，不再和任何人联系，连我这样多年的知己也只是一个月发条短信问候一下。她变得安静、淡然、不浮不躁，褪去了女孩所有华而不实的外衣，变得像个有头发的尼姑一样，让我又想笑又崇拜。可她只有二十出头，这本应该是一个敢爱敢恨、爱说爱笑有着绚烂青春的年纪。

再后来她变得有些麻木和冷漠，没有情绪，对生活逆来顺受，对爱情的理解充满了现实的味道。她说，以后就想找个比自己大十岁以上足够成熟的男人，能给她坚实的经济后盾，能给她躲避风雨的肩膀，就行了。

我问她："那爱呢？"

"爱没有意义。"她说。

有时想想人真的很有趣，爱情更有趣，它好像可以很自然地渗入到生活的各个角落，悄无声息地钻进一个人身体所有的细胞。很多时候连我们自己都察觉不到，可是它却真的改变了你。即便一段感情已经结束，即便那个人已经离去，可在那段时光里发生过的故事，说过的话，做过的事，吃过的食物，走过的路，经历的一切，还会继续影响着你。即便最后只剩下一点仅存的记忆，可它还是会悄无声息地改变你，改变着你对感情的理解，你对事物的审美，你对饮食的习惯，你对爱情的相信，你对另一半的选择，你对自己的认知。

"亲爱的，人都是会变的。"就算岁月和时间没有让你改变，也终会出现一个人来改变你的所有。

所有男人都是在女人的怀抱里长大的，他的狂傲，他的冷漠，他的稚气，他的不安分，都是被一个女人用爱和时间慢慢抹去的。

可现实中又有太多的例子证明，大多数女孩在好不容易教会了一个男孩如何去爱，如何去承担，如何去珍惜，成为了他人生的爱情导师后，用自己的遍体鳞伤拔掉了对方身上所有的刺，改变了他后，转身给下一个陌生的女人做了美丽的嫁衣。

那年的你剪着短发，每天像个假小子一样和男生混在一起，后来遇到了他，留起了长发，摇身一变成了窈窕淑女。那年的你饭来张口衣来伸手像个大小姐，后来遇到了他，做起家务来像个家庭主妇一般娴熟，心里有着一本信手拈来的佳肴菜谱。那年的你情绪化，总是乱发脾气，后来遇到了他，再不大声骂人，而是逆来顺受，安静得像钟表。那年的你不喜欢和外人打交道，后来遇到了他，和他出门在外见朋友时笑口常开，言谈举止恰如其分。那年的你花钱如流水，看到喜欢的衣服一定要买下，后来遇到了他，能不花的钱就不花，养成了攒钱的习惯，只为了他需要用钱时能助他一臂之力。

那年的你任性，不讲理，爱哭鼻子，小女生味道十足，后来遇到了他，你懂事坚强得连自己都认不出。

那年的你不知道任何女孩服装的品牌，后来遇见了她，悄悄记下了她所有喜欢的牌子。那年的你是一个粗犷的小伙子，不知如何安慰呵护女孩子，后来遇见了她，一下变成了细腻的男生，每月她大姨妈到来时准时送上暖宝和热奶茶。那年的你每天和哥们儿混在一起，为兄弟出生入死，后来遇见了她，再不像当年那般热血冲动，只为了让她每晚能安心入睡。那年的你，呆板，愣头愣脑，傻小子一个，后来遇见了她，成熟，稳重，长成了绅士般的大男人。

后来的你们，都发现自己变了，喜欢的食物，爱听的歌，讲话的习惯，变得越来越像曾经那个深爱过的他（她）。

岁月的更迭，时光的流逝，生活的变换，这些东西足以彻头彻尾地改变一个人。有时我们的努力不是为了改变自己，而是不被这个世界改变。这是多么的坚定和执拗。可当遇到某个人时，那些曾经所有的坚持、固执、倔强，却瞬间土崩瓦解。

"亲爱的，人都是会变的。"也许不是环境改变了你。能改变一个人的，能从内到外，能从爱吃的食物到对人生的理解，让你心甘情愿改变自己的，或许只有爱情。

我知道，你被他培养成了最优秀的恋人，你好不容易为他改变了一切，可最后他却忽然转身离去，又一次改变了你的所有。

我知道，回忆过去的人，你心里总难免悲伤，你是伴他成长教会他所有的女孩，却不是陪他走到最后的人。我也知道，看到如今的人你心中难免遗憾，你们彼此都是由另一个人陪着自己成长，教会了自己如何去爱一个人，然后分开，走到了如今彼此的身边。

如今的你们半路相遇，却都已是成品。

每个人都想拥有一个在身边伴着自己长大的人，一起年少轻狂，一起幼稚，一起幻想，一起放肆，一起相依，彼此成长的痕迹在对方的眼中全部能看到，然后一起把小时候的梦想一步一步实现。可现实是，你遇到的人大多时候是一个陪你度过青涩的青春，一个默默陪你长大，一个狠狠地伤害你逼着你学会坚强，一个最后让你遇到最好的自己的人。

那些被你改变过的人心中难以抹去对你的记忆，那些改变过你的人也会流淌进你生命的河流。

"亲爱的，人都是会变的。"不是因为别的，而是因为爱情。愿你对所有改变甘之若饴，愿那个让你改变自己的人最终能留在你的身边。如果没有，也不要悲伤。无论是伤害、欺骗，还是离去；无论是让你学会放下，懂得坚强，还是让你对爱情充满了太多的不解，在这段感情里，彼此的改变已是一种成长。在这段时光里，你们都看到了曾经没有见过的自己，然后遇到了一个更成熟的自己。

谢谢那个改变你的人，转过身擦干泪去开始下一段旅行，要相信，更好的你，一定会遇见更好的他。

只希望，后来的你，再也不会听到这句："亲爱的，人都是会变的"。

那些突然之间发生的事

　　"突然间……"是一个神奇的短语。在"突然间"之后，可能会发生一个奇迹的转折，也可能会是将要降临的一场意外，甚至有可能只是一个匆匆闪过的念头。在"突然间"之前完全不会想到这个突然，但在"突然间"之后，很可能会吓出你一身冷汗，甚至将改变你的人生轨迹，或者就此沉沦，或者从此放下。读过的很多故事里都有这样的"突然间"，这仿佛是大部分故事的必备品，作家的口头禅。而有些发生在人生里的"突然间"并不像故事里那么惊心动魄，但却更能触动心弦。

好友荷子讲过她的一个朋友小弦的事情给我听。小弦是一个在家人的宠爱下长大的女孩，仿佛一个温柔的公主，备受众人的期待、关注和爱。在大学里，她的少女心被一个和她家人一样宠爱她的男孩俘获，这场恋爱平淡而美好。大学毕业后小弦在大学所在的城市里找到了工作，而男孩考上了家乡的公务员。但是他们的恋爱却没有就此终止，就这样两地分隔着坚持了整整三年。

终于，27岁的时候小弦嫁给了那个男孩。她勇敢地辞去了所在城市的工作，去了男孩所在的城市——那个除了男孩以外全都是陌生人的城市。

小弦单纯而简单。单纯而简单的人更容易得到幸福（这仿佛是个真理），他们总是能够比别人更加勇敢且坚定地去追求自己的幸福。小弦做到了。这个平淡的故事延续着：她成为了一个幸福的妻子，男友的家人为他们准备了婚房，婚礼虽然简单但却是他们两个人共同策划的。

挚爱的男人变成了可以常伴身边的丈夫。小弦觉得这个世界应该没有几个女人能够像她这样幸福。她决定努力学习成为一名合格的妻子。丈夫不让她上班，于是她开始学着做家务，学着做饭，尽量把每天给丈夫准备的便当做得美味可口又营养丰富。

平淡的故事本应这样一直延续下去的，但也许操纵小弦人生的神并不喜欢这样的人生，于是轻而易举地赐予了她一个"突然间"。

那个"突然间"发生在他们结婚半年后的一个秋日的傍晚——这是书里常常会描述的季节和时间，这个季节里总会有悲伤的故事发生。傍晚时分是小弦的丈夫每天回家的时间。但是在这个秋天的傍晚，他没有回来。小弦和她精心烹制的一桌子饭菜孤独地看着太阳落下，月亮升起……背景音乐则是"对不起，你所拨打的电话已关机"。

小弦的丈夫失踪了，电话先是关机后来直接停机，打去单位得知，"这位员工已经在一周之前离职"。小弦突然发现，她是如此地不了解她的丈夫——除了一起上学的大学同学，她几乎没有见过他的任何朋友。小弦无比担心地打遍了她能打的所有电话，但一无所获。

绝望一时间将她吞噬。在这个城市她一个人也不认识，丈夫的家人本来就与她来往不多，事情发生之后她也上门问询过，但被告知，他们也不清楚他去了哪里。那事不关己的神情让小弦再也没有勇气追问下去。

她把自己关在家里，那婚后学习的东西一时之间毫无用处。她从来都没有学习过如何一个人生活：在家她和姐姐睡在一起，在大学宿舍里也有室友，毕业之后也一直和一个闺蜜一起合租在一个单间里，婚后她的丈夫也一直都陪在她的身边——连出差都没有过，从来都没有过夜不归宿。从小到大，她甚至都没有一个人睡过觉，那本来并不宽敞的卧室仿佛突然之间变得很大，装着各种想象不到的恐怖。她打开房间里所有的灯才勉强挨得过那无数个让人不安的夜晚。

她不敢告诉家人发生的事情，因为太过突然，她怕母亲脆弱的心脏无法承受这些。她也没有勇气把这个结果告诉她的朋友，因为当时她抛弃一切来到这个城市时，所有的朋友都站到了她的对立面。因为这一场"突然间"，她的世界里只剩下了她自己。

她想过自杀，但她又扔掉了那把已经横在手腕上的匕首。她觉得就算是死，也要在弄清楚原因之后再死。为什么那个曾经深爱自己的他没有任何音讯就突然不见了，而她没有任何理由就被彻底抛弃了。

她买了那个城市的黄页，开始疯狂地打起了电话。她挨个公司地问询：从"请问你们公司有没有一个叫×××的人"到"请帮我找你们公司的×××"。她变得逐渐熟练起来。她用了一个月的时间，打遍了这个城市黄页里所有的公司的电话，但一无所获，甚至连个重名的人都没有找到。

与此同时，她开始必须要面对一些严峻的现实问题。丈夫留下的家用，交完房子的杂费和这一个月里昂贵的电话费之后已经所剩无几。她必须要开始工作了。幸好她有着三年多的工作经验，而且来自大城市，且仅仅只有半年多没有工作，所以很快她就在离家不远的地方找到了和以前一样的设计师的工作。她很努力，每天她都加班到很晚，因为比起那冰冷的家，冷清的办公室会显得更加温暖一些。

在她找到工作一个月后，丈夫的哥哥、嫂子和妈妈三人在一个周末突然出现在她的家里。他们像是参观一般把这幢房子里每一个房间都看了一遍，哥嫂还在不住地评价着：小孩子们可以在这里玩；厨房不错，可以两个人一起做饭；有三间房，可以把妈妈接过来住；等等。

小弦冷冷地看着他们说："你们只要告诉我 ××× 为什么突然失踪，我立刻就可以把房子给你们空出来。不用你们赶。"

正在客厅里左转右转的三个人突然顿住了，用一种无可奈何的表情看着她。

小弦突然就哭了起来："就算是你们要杀死一个人，起码你要让他知道他为什么会死吧！一个大活人，突然之间就不见了……我是他老婆，他到底怎么了？你们倒是告诉我一声啊……"小弦大声地质问着，那三个人却像是木偶一般一动不动地站着，什么也没有回答。

"你们难道都没有心吗?如果你们有心的话,你们至少让那个龟孙子回来告诉我一声他到底去了哪里,到底有什么事情是连告诉我都不可以的。就算外面养了个小三也好,就算他得了绝症也好,就算他在外面杀了人都可以,只要告诉我,我什么都能接受,还有什么比这些更难以启齿的?你们说话啊,说话啊!"小弦摇着在法律上仍然是她婆婆的双肩大声地哭着,那积压了两个月的情绪像是泄洪一般倾注而出。

那个哥哥终于是忍不住了,走过来将她从自己的妈妈身边用力地扯开,推倒在一边。

小弦倒在地上,心像撕裂了一般的痛:"我到底做错了什么,要被这样惩罚?你们说啊,我有什么错?"

那个哥哥拉着两个女人夺门而逃,但很快他又打了电话过来说,这个房子本来就是以他父母的名义买的,他现在又有了一个孩子,家里住不下了,要住这里,让她快点搬出去,还说他弟弟一定是会和她离婚的,让她不要再纠缠了。

"你让他到我面前来,否则我不会搬走,也不会离婚。"小弦怒不可遏地挂了电话。狠狠地哭了一场。这是那个"突然间"之后的第一次哭。一直以来,她感觉在她的心里有一根弦紧紧地绷着,仿佛只要一哭它就断了，所以她一直忍耐着——她惧怕那根弦断了之后的自己。

之后丈夫的家人没有再纠缠她。四个月后，已经失踪了大半年的丈夫出现了，带着他的妈妈、哥哥和嫂子。小弦瘦得皮包骨头，同事说她如果再瘦下去，说不定哪一天就被风吹走了。而眼前的他没有任何变化，衣服一样，发型一样，身形一样，可是小弦知道，眼前的这个人已经不是以前的那个人了。

她木然地盯着他。她以为她会大哭大闹一场，甚至很生气地把他狠狠地揍一顿，可是看到那个离开她半年，却没有任何变化好似什么也没有发生过的他，她突然连哭都哭不出来了。她仿佛一个突然被推向刑场的路人甲，因为无力回天而放弃了所有的挣扎。

但是她还是忍不住地问了为什么。回答她的是他从包里拿出一纸离婚协议书。

"你告诉我为什么，我立刻签字。"

他沉默着，用一种无所谓的表情看着她。

"你是不是有其他的女人了？"

这一次他没有沉默，竟然有些恼怒地反驳道："我是那样的人吗？和你在一起的每一天我都回家陪你，我怎么可能会有另外一个女人！"

小弦冷笑一声，用手指了指离婚协议书说："我宁愿你是因为在外面有了女人才把我甩了，也好过这样没有任何原因的离婚。死都不让我知道我为什么死，你的心要多狠才做得出这么缺德的事？"

　　又是一阵沉默。

　　小弦笑了，笑了很久。她的笑声像是一段凄迷而压抑的音乐，在这个房间里回荡着。如同这段音乐的终止符一般，小弦在离婚协议书上签了字。

　　7年的恋爱，一年的婚姻，和这段音乐一同终止。小弦再也没有多看一眼那个他。因为他送她的那个"突然间"埋葬了以前的那个小弦，那个单纯、简单，却很快乐的小弦。

　　第二天她就从生活了一年多的房子里搬了出来。新房子是同事介绍给她的一个一居室，虽然离公司有些距离，但租金却很便宜。

　　荷子说她是偶尔旅行到小弦所在的城市时，才知道这一切的。她一直以为小弦的婚姻生活很幸福，因为小弦和她的丈夫曾是他们学校里最让人羡慕的情侣，直到她走进小弦一个人住的那个公寓，小弦才告诉了她一切。荷子说她听这个故事的时候，哭得一塌糊涂，那么在乎的人，可以为他付出一切，一直执着相信着的人，就那样突然地消失了，最后离婚时甚至连个解释都懒得给她，她要经历怎样的绝望，怎样的痛苦，才能坚强地活下来啊。

小弦经历了，她也坚强地活下来了。在没有经历痛苦之前，人永远也想不到自己的韧性到底可以承受怎样力度的痛苦，可以承受多大强度的"突然间"。

人生会遇到多少次这样的"突然间"，又会因为这许多"突然间"转向何处，走到多远的地方，没有人会知道。我们的人生也许正是小说家笔下的故事，在他脑海里有某个念头闪过时，他会不由自主地写下一个以"突然间"开始的句子，于是我们的人生，便转向了一个我们以前从未想到的方向。而作为主人公的我们，只能听之任之，使出浑身解数，来拯救自己的心与灵魂。只是那最终的成长，可能并不是我们希望成为的样子。

相见恨早

倾心蓝田

谨以此文纪念我回不去的青春和错过的你

1

那天天气暖暖的，有一缕阳光透过教堂的窗子射进来，斜过教堂里的第五排椅子。我穿着婚纱坐在第六排的椅子上，看着教堂里的人们忙乱着。

人不是很多，我的未婚夫和婚礼主持在教堂前面安排着婚礼最后的事宜，不远处略显紧张的伴娘我不熟悉，只看到她穿着白纱。我托着下巴，安静地看着教堂里的人。

正走神的时候，教堂大门开了。我转身，看到他微笑着冲我走过来。我拎起婚纱裙摆，走到过道，他拉起我的手，紧紧的，似乎这一秒不这么握着我，下一秒就再也不会有机会，或者说是再没有理由握我的手了，只因我马上就会成为别人的新娘。

他什么都没有说，但是我却似乎什么都懂。放开我的手，他径直走向新郎。我曾无数次地想过，如果结婚的对象不是他，那他会不会在婚礼当天来砸我的场？但是，他没有。

我在不远处看着他们。他拍了拍新郎的肩，说了些什么，我努力去听，却什么也听不到，大概感到他在嘱咐新郎以后要对我好。

至此，梦醒。

2

从 2007 年开始，我就一直坚信我会嫁给他。直到 2013 年 9 月 9 日，这样的想法终于彻底结束了。

七年过去，终还是物是人非。不知道是不是每个人的青春岁月里，都有一段美好又注定会成为遗憾的记忆。年少轻狂，给了我们太多的任性，也终于造成了青春里抹不去的遗憾。他结婚的那天，并没有通知我。不知道是不是在一起时间太久，彼此了解，所以在很久不联系之后的那天，有种不联系他就会死的感觉。于是打给所有可以联系到他的朋友，听到他当天结婚的消息的时候，一时间彻底慌了神，语无伦次地问着关于新娘的一切事情。听说他们恋爱不到一个月就决定结婚，我甚至想立刻买票回家去阻止这场婚礼。

挂了电话突然又想起不久前的梦，不知道是不是预示着这一切，也许我也该像梦里他对我做的那样祝福他。打了几个电话——其实我也不知道自己当时要做什么，只是想通过打电话，能让自己安静下来，不去做傻事。给朋友打完，还是觉得不能安静下来，我又拨通家里的电话。我妈问，怎么了，我说，他结婚了。说完，终于泣不成声。我自顾自地说着我自己都觉得乱七八糟的话。我妈安静地听，最后说，放开吧，这么久了，虽然分开后，也一直在恋爱，却在每次恋爱中都不能专心，都有他的影子，现在他结婚了，你该认真恋爱才是。不要委屈难过了，生活要继续，爱情也还会再有。该一心一意对眼前的人……

其实我什么都没听进去，只是因为有家人的安慰，所以我安心了不少。那天晚上很早就躺下了，回忆着这七年来我们之间的故事。九点的时候，我想，那个时间他应该和新娘也躺在一起，或许身边还有一群闹洞房的亲戚朋友。哭过以后觉得安静了不少。起来找同学，要他的婚纱照。第二天朋友发给我。看到新娘，说不上什么感觉，只觉得他笑得很开心，以我对他的了解，他不是喜欢凑合的人。倘若是结婚了，应该是真的爱了吧。女生看起来乖巧，未来应该会是个好媳妇。我妈说你看他婚纱照笑得幸福，所以他并不难过，如此，就该都放开。

也许是这样。

3

七年前我们在同一所高中读书，他是班里的第一名。我斜对面的女生转学了，他就坐到我斜对面。之前不怎么说话的我们，因为离得近，就有了说话接触的机会。年少时候的爱情就那么简单，几句话，几个眼神，就喜欢上了，却谁都没有说破。

没多久，高二分文理科，我以为故事就结束了。却在一天下午收到一封信。那封信现在还留着，用的是我们学校发的劣质纸，上面写的却是当年最真的情。在物欲横流的现在，回看当年的信，不禁还会被当时单纯的感情感动。

第一次约会，我问我妈，我十八岁了，有个男生约我，我喜欢他，我可不可以去赴约。我妈说可以去，要有自己的分寸，在爱情中要保持高姿态。

于是我光明正大地早恋了。

我们在一起的时间并不多，每天各上各的课，晚上他送我回家，算下来，每天在一起的时间也就是晚上回家那段路程的十几分钟。

还记得有次体育课，我从操场回教室，路过他们班楼下，他的一个朋友从四楼朝楼下喊我——某某他媳妇儿。我抬头看，害羞地快步走回教学楼，内心又一阵激动。我一直以为，某某他媳妇儿，这个称呼非我莫属，却没料到几年后他的媳妇儿另有其人。

高三为了考学，他转学去了另一个省的高中。我们约定一起努力考同一个城市的大学，平时不联系，每周二他给我打电话。从那时起，我开始一个人回家。

每到周二我会赶快吃完饭收拾好，回寝室等他的电话。那时候因为一周一次电话，所以倍加珍惜通话时间。从这次通话到下次通话的过程中，我会无数次地想，无数次地列出下次通话的提纲。他中午休息时间有限，有时我因为吃饭晚会错过他的电话，接下来的一周我都会在懊恼和期待下次电话中度过。我承认，那段日子我们都很辛苦。

终于高三毕业，他高考失利，没有考上自己想要考的学校，没有达到心理预期。他失落的同时，我也觉得分开太久没了当初的感觉。毕业后就分手了。大学生活就在不知不觉中到来了。那时候他说我一天不结婚，他就有一天追求我的权利。后来经过一个假期，我们又和好了。现在想想，那时候的分分合合怎么来得那么容易。

4

大学时，我们彻底成了异地恋。我们又开始靠通电话来联系对方。异地恋好辛苦，想见的时候见不到，需要对方的时候又远隔千里。好在我们有各种小假期，每次放假，他就坐九个多小时的火车过来看我。那时候 12306 还没有开，不能提前买票，导致他每次来都没有坐票，只能站一夜，然后第二天出现在我宿舍门口。

当时的自己就那么任性，从不知道体会那种辛苦，现在回忆起，觉得自己特别浑蛋。好多记忆，现在回忆起来好像发生在昨天。我们一起去联峰山，他背着我走，我指着前面说就到前面那棵树，然后到了，我继续说，前面那个啊不是这个，他就继续走，如此，走了好远，他明知道我是故意的却也不放下我。现在回忆起来，好想对那个时候的他说，真的谢谢你那么无条件地宠着我。

有次国庆节我们都没有回家，赶上中秋节，我看到别人都一家团圆了，不禁想家，就哭了。他站在一米外的地方发信息给我，说我陪着你呢，茜，要坚强。我就一直哭，说不要过来，不要过来看这么丑的我。他就一直站在一米外守着我。哭够了，又没心没肺地去玩。他就逗我，我们在海边跑啊闹啊，也就忘记了远离家乡的乡愁。

还记得有一次九天假期，我们分开放假，只有三天重合。他来秦皇岛找我，三天之后他要回去上课。不禁想哭。我们放孔明灯，孔明灯飞上天的时候，我们许愿说一辈子都不分开。那天秦皇岛下了雨，那种气氛下，我又任性了。我说我要和他一起走，于是我们临时决定买站台票混上火车。就那样，我第一次去了他读书的城市。

我住在离他学校很远的地方。他能逃的课都逃了来陪我，不能逃的课就去上，我就在住处玩电脑。他带着我逛保定，吃我想吃的东西。学生时代我们都很穷，他却从没委屈过我。去超市我说我要吃这里最贵的冰激凌，他就带着我去买。刷卡时，他说，你来输密码签字，现在刷小额，以后，我让你刷大额。我就幸福地笑。

那时候他总骗我说我们只剩两块钱，却在我想买什么的时候，神奇地变出足够的钱。我们一起逛街，看到镜子就一起做表情做动作，一起疯，一起二。那时候他借了辆自行车，每次上完课他来找我，满头大汗，说你在这里，我怎么有心上课。我就满足地笑。

我的生日在五月份，有天我在住处玩电脑，听到敲门的声音，门打开不见人，却看到一个超级大的蛋糕，他站在门外，又是满头大汗，气喘吁吁地说生日快乐，我想那是我人生中最有纪念意义的一个生日。他是班干部，当天有任务，我打字快，帮他做表格，很晚才做完。我们一起吃蛋糕，太大了吃不完，剩下的都玩掉了，抹在脸上，我还录了视频，回到学校跟舍友分享。

还记得大学的时候时间多得很，没耐心的我决定要做一个大工程——花了一个月的时间绣了一个十字绣抱枕给他（不知道现在抱枕是否还在）。他收到的时候，说好幸福，谢谢。那时候真的是任性到极致，就因为他少说一句辛苦了，我说你体会不到我的辛苦，你要接受惩罚。那时候正逢冬天，很多舍友在织围巾，我说你去体会下我的辛苦，织个围巾给我。他被逼无奈，就去买了毛线，跟阿姨学。来秦皇岛看我的时候，他带来了织得歪歪扭扭的围巾，嬉笑着告诉我，每天晚上他在上铺织围巾，笨手笨脚，引来很多同学看。

那时候就是那样——我任性，他无条件包容我的任性。《蜗居》

热播的时候，他给我看了一小段视频，说海藻把小贝弄丢了，让我不要把他弄丢了。而最终，我还是把他弄丢了。

他很少唱歌。印象最深的一次是和他在海边，和我的舍友一起做游戏，结果我们输了，我的舍友瞎起哄，要他拉着我的手，深情地给我唱歌。记忆里，那是我为数不多的害羞。他看着我，缓缓地唱，"好想牵你的手，走过风风雨雨，有什么困难我都陪着你"。那一刻，仿佛世界都停止了，旁人都虚化了，只有我和他，幸福着。

我们曾经无数次幻想未来美好的生活，却在走向未来的路上，走散了。

5

分开是我提出的。他去山西一周，没提前打招呼，因为没信号一周都没消息，我很生气，他一回来我就提了分手。后来他来秦皇岛找我道歉，当着舍友们的面说他错了，态度诚恳，我却怎么都不肯原谅他。就那样，我们分开了。但是我当时就觉得他是我的，即使分开他还是我的。不知道哪里来的自信。

我经常说的一句话就是，我这样的脾气，永远不会变。后来他有了新的女朋友。那个女生联系我，想要了解他的过去。我得知以后电话打过去对他歇斯底里地喊，明知道是自己不要他了，却在那个时候委屈得像是他抛弃了我。

后来他分手了，说对女生不是爱，而是因为有我的影子。从那时候开始我们一次又一次的错过。

我恋爱，分手，心里却有他的影子，却也从那时候开始长大了，开始学着理解、包容对方。我想告诉他，我变了，不再任性，我学会了做饭，不再容易发脾气。却没了联系他的勇气。想要回头去找他，却害怕我们再也回不到过去。

他给我发《南京爱情故事》的视频，是一对情侣经历很多分分合合终于结婚了的故事。我明白他的意思。后来发生很多事，他来北京找我，他说在他的心里，我是他的公主，他觉得只有他能对我好，别人他都不放心。说得那么真诚，眼里却多了很多其他的东西，也许是亲情？我们彼此诉说分开之后发生的事情，他讲他的女朋友，我说我的男朋友，好像多年不见的老朋友一样。走的时候，他说让我抱抱你，我感觉像是被哥哥拥抱着，踏实而已，却少了心动。不知道是时间太久，还是怎么了，那个感觉，造就了最终我不敢再回头的后果。他说毕业后来北京找我，我却在他毕业前有了新的感情。

6

我不知道我们是怎么了。彼此爱着却要一次次地错过。他结婚是在知道我有新的感情后的不久。我不知道是不是有这个影响。也不敢去想了。

本不想写下来，却在今天看到他在人人网上写：虽然最后没有在一起，但是能遇见你，是我青春岁月里最美好的事。于是决定写下来。文字真的是不完整的容器，所以承载的注定也是我不完整的记忆，有些东西没有写，不代表我忘记了，就像他说的，遇见他，也是我青春岁月里最美好的事。

七年时间太久，感情已经融入血液，刻入骨髓了。所以永远都不会忘记，在青春年少、任性无知的岁月里，有那么一个人，爱我、包容我，也被我任性地爱过、伤害过。有个词叫作"相见恨晚"，我想说，我和他，相见恨早。倘若有可能，我愿意再过一次此生，而不要那么早地遇到他，而是要在退去无知、任性、青涩之后，再遇到他，然后谈一场平平淡淡的恋爱，为他盘起长发，做他最美丽的新娘。

祝福他，也祝福我自己。

还记得楼下等你的少年吗？

伊心

新认识的小朋友才读高三，和班里男孩子早恋，寒假手拉手一起走在商场里，结果迎面撞上了一起去逛街的女孩父母。父母二人震怒，将她禁足在家，通信工具全部没收。女孩可怜巴巴地写检讨，被要求深刻反省上次模拟考成绩下滑的原因。开学第一天，男生傻乎乎地站在她面前说，我几乎每天都骑车去找你。女生很惊诧，刚想否认，男生又有点委屈地说，我不敢上去找你啊，站在你家楼下，看几眼你房间里的灯光就够了。女生憋了满眼的泪，回头发邮件给我说，你信不信啊姐姐，他就这么感动了我。

作为被找来督促她学习的"长辈"，我实在是没法回答这个问题，但我大概是信了。有一个老朋友高中时也做过这样的傻事。不敢去找暗恋的女生表白，暑假里知道她每天有固定的散步时间，于是一有空就"路过"她家楼下，以期一场又一场意外的邂逅。事情当然不那么顺利，他不是无功而返，就是看见她和父母一起，只好远远地逃开。为数不多的几次，他顺利地遇见她，打个招呼，又不敢多说几句话，只好尴尬地告别，在相反的方向上走一会儿又飞快地奔回来，看着她的背影走一段寂寞惆怅的路。

很多年后他们还是没能在一起，可是在醉酒微醺时，他说起少年旧事，长长的叹息里带着岁月向晚的渐沉暗色，仍然怀念那个夏季傍晚一点点斜沉的夕阳，还有她终于出现在视线里时心底一刹那的慌乱和惊喜。

大学里的同学，男友是高她一级的学长。同学很磨叽，但每次他在楼下等到她，她问你来多久了，他都说我刚来啊。女生比较粗心，也从不觉得自己动作太慢。后来不知同学在哪本言情书或是偶像剧里看到了类似的桥段，才知道他每次都等她很久。一次下雪，她心疼地问忘了带伞的他，你到了怎么也不打电话催我一下。他说，反正你总要下来的，以你的智商，催你你肯定又丢三落四了。

男生毕业离校那天，她红着眼睛在宿舍收拾东西，一件衣服两本书在手里折腾了不知几趟。我都为楼下的他着急，可她抬起头泪流满面地跟我说："他以后再也不会在楼下等我了。"

我们大学校园又空旷又安静，宿舍楼下的树丛浓密幽静，最适合做离别的背景。我至今都记得她粉白裙子和他深色衬衫的背影，在那段树影斑驳的路上愈走愈远，直至更心有戚戚的人生。

也许是因为快要毕业了，校园里的一切好像都散发着让人迷醉的气息。很多琐碎的细节像温柔的光源一样又亮了起来。那些真诚宁静的时光好像正临末日的倒计时。有人愿意说"用我炙热的感情感动你好吗？"也有人愿意回答"路途遥远，我们在一起吧"。

住同一层楼的女孩，一起坐电梯下楼时经常打电话打不通，所以一出电梯门就一边跟我说"再见"一边飞快地跑出去，生怕他多等一秒。

学弟每次送学妹回来，一直看着她走进宿舍楼，刷卡，然后消失在楼梯口。可女生从未回头看过。我问他为什么不表白啊，他说怕表白了连朋友都没法做了。

忘了是谁说过，我对你的眷恋，都是很小的事情。是啊，在数不尽的时间里，在日日重复毫无新意的每一天里，我对你的眷恋，以及怀念，都是很小的事情。在偶像剧之外的平凡人生中，所谓爱也许不过是会心一笑的刹那，心有灵犀的一瞬，温热的早餐、牛奶，或者一个担心焦虑的电话而已。

愿每一段短暂的漫长的沉默的坦诚的心意都能为人所知，被珍视记取，被小心安放。他了然于心，你念念不忘。

每个女生心中都有一个文身少年

张躲躲

每个女生心中都有一个文身少年。M君是在一本小说上看到这句话的，顿时觉得心中一片澄明，牵挂多少年的人终于可以放下了。

作为一个光荣的人民教师，她大概算是教导主任眼中的异类：她的左边耳廓上有一排耳洞，总是戴着一串星星啊月亮啊字母啊之类的耳钉；右手腕静脉处有一个很大的文身，文的是前男友的名字。当初面试的时候，教导主任曾经对她这两处显著特征给予相当恶劣的差评。她说，为了表明我到你们这儿工作的决心，我已经把酒红色的头发染回黑色了，这还不够吗？至于后来M君究竟是怎样应聘成功的，始终没有一个标准答案。每次问她，她都轻描淡写地说："我的专业好吧，学校又紧缺这个专业的老师，而且我也做出了让步，承诺去上课的时候不戴耳钉，并且用手绢把手腕上的文身遮盖起来。这么简单的事儿，为什么一定要疯传得那么复杂呢？"

私底下闲聊的时候，她就总带着扯淡的语气说："真想跟教导主任理论理论，文身有什么不对？我恨不得动员所有学生都把最爱的人的名字文身上，疼过才会记得深一点儿。穿耳洞有什么不好？不是说穿一个耳洞下辈子就可以接着做女人吗？我多穿几个，可以做好几辈子女人呢，接着爱他。"这种疯疯癫癫的言论，无怨无悔的气魄，只有M君说得出，做得到。

M君生活在东北一个小城市，据说早先不在那里，她爸爸在老家跟人打架斗殴犯了事儿才带着她妈妈和没出生的她"逃"到这里。所以我们就可以知道M君的身体里流淌着她爹的彪悍血液。那时候还不流行那种阴柔气质的花样美男，男人世界里以阳刚美为尚，至少在辽阔的北方大地上姑娘们爱的都是高大威猛浓眉大眼敢拍桌子瞪眼天不怕地不怕的混世魔王。据说M君的爸爸原本就是老家那片儿有名的大混混。M君的妈妈就是她爸爸抢到手的。但是美女经常会有一种糟糕的逻辑，那就是肯为自己打架的男人即便是混混那也是英雄。既然爱了英雄就要爱到底，所以在M君的爸爸远走他乡的时候，怀着孩子的M君妈妈就义无反顾地跋山涉水跟着跑了。

跑路中的各种艰辛自不必说，M君先天不足差点儿死掉，硬是被她妈妈灌米汤灌活了。后来 M 君经常自嘲说："我就是命贱，没有享福的命。"

混混之所以被很多美女爱慕，是因为他们的凶猛只面向强者，对于女人和孩子这样的弱者却加倍呵护。至少 M 君她爹是这样。爱打架的毛病并没有因为女儿的出生扔掉，他在新的城市新的地盘儿很快成了大哥，身后一帮小弟追随，当然也拉来了不少仇恨。M 君和妈妈一直是担惊受怕和众星捧月并存：一边为安全担忧，另一边又享受着众人的呵护。在 M 君微弱的童年记忆里，爸爸总是喜欢用筷子蘸着高粱小烧喂她说："丫头你可记着，以后不能跟坏小子乱跑。"M 君猛点头，不是因为听话，而是为了骗酒喝。

什么是坏小子呢？只要对她好，就不坏。

M 君刚上小学，她爸就因为打架进了局子。那事儿当时闹得不小，出了人命，还好属于防卫过当。但凡街头混混被抓，家人就有两种可能：一种是树倒猢狲散往日出入他家的人都不见了踪影，所以门庭冷落备显凄凉，还有一种是念及他好处的人居多，帮他尽兄弟情义照顾他的妻儿老小，所以家里日子不至于太难过。幸运的是，M 君和妈妈属于后者。M 爸虽然折进去了，但因为他平时为人仗义肯为兄弟两肋插刀，所以着实结下过几个好兄弟。在这几个人的帮助下，M 君和妈妈相依为命，卖早点摆烟摊，虽然辛苦，但是也还过得去。M妈不娇气，能吃苦，起早贪黑把家撑起来。虽然老公进去了，但是她一直记得他的交代："千万把姑娘照顾好，再苦不能糟蹋孩子。"有这句叮嘱，M妈格外疼宝贝女儿。其实她早就感谢过老天爷，幸好生了个闺女，不至于跟她爸似的成天出去冒险惹事，可以乖乖在家当她的小棉袄。

小棉袄小的时候确实很懂事，每天天不亮就跟着妈妈起床准备早点摊儿，卖油条豆腐脑馄饨，还没油锅高呢，就敢蹬着凳子去捞油锅里的油条，晃着小脑袋给客人端过去。通常是每天忙活半天才摘掉油乎乎的小套袖，背上书包去上学。那时候的M君剪着短短的头发，又瘦又小，再加上名字很像男孩，很多人吃过好几次早饭之后才知道她是个女孩子！后来经常有人开玩笑说："小小子又要去上学啦？"她说："嗯哪！"很多年后她已经变成一个美丽的大姑娘，自己回忆起那时候的时光，还傻乎乎说："哎吗那时候我骑个比我还高的破二八车满街乱蹿，真像个土匪啊！"土匪又怎样呢，照样有人喜欢！

喜欢M君的是学校里的一个小男孩，两家住得不远，隔条街。那时候因为M君身边没爸爸，学校里难免总会有些讨厌的没家教的孩子随着那些没家教的家长说三道四，说她是黑社会的女儿，丧门星，甚至有传闻说她是野种。流言蜚语从来都对弱者毫不留情。M君稍微懂事之后就开始反抗。虽然个子小，脾气却不小，比她高比她壮的男生若是欺负她，她敢丢下书包跟人掐架，下手不留情，被打了也不哭。这种出于本能的自卫表现，在七嘴八舌的议论中就被传成了"随她爸""家传的""什么人养什么孩子"。M君当然相信自己不是野孩子，爸爸有多好只有她一个人知道，她也不愿意跟人解释，只知道用力量不足的拳头捍卫自己早熟而敏感的自尊。这样的日子里，她迎来了小伙伴的陪伴。

伙伴男比她高一级，认真算起来他也算是学校里数一数二的嘎小子，逃学捣蛋打架抽烟什么的就不必说了，拔老师自行车气门芯、考试前偷试卷这种事经常干。但是有一样，他看不惯其他坏孩子欺负女孩子。小小的年纪连情窦初开都算不上，他只是远远看到M君被几个男孩子截住要钱的时候，毫不犹豫地冲了上去，威风凛凛地说："谁再敢找她麻烦，就是跟我过不去。"

有了伙伴男的陪伴，M君的少女时代丰富多彩起来。假小子似的她逐渐意识到自己的性别，开始偷偷在镜子里看自己的脸。有句话说，男生在女生面前更像男生，女生在男生面前更像女生。M君开始身体力行这句话。短头发的假小子渐渐留长了头发，并且琢磨着周末不上课不用穿校服的时候，穿什么样的衣服出去玩比较好。偶尔还是会有坏小子到她面前胡说八道，她照样会骄傲地还击，伙伴男会带着哥哥一样的关爱嗔怪她："有我教训他们呢，女孩子要学会被保护。" M君没有听过什么动人的情话，她觉得伙伴男的这句话就是她最爱听的海誓山盟。

世界上怎么会有"早恋"这么愚蠢的词儿呢？恋与不恋是一种来自心底的磁场，吸引就是吸引，排斥就是排斥，这是自然法则，根本无法人为地制定规范。光阴荏苒，依恋会变成好感，陪伴成为一种习惯。

那时候物质条件不及现在，少女就是少女，都讲究素面朝天，没有烟熏妆非主流各种造型夸张的妆容。光溜溜一张脸蛋，好看就是好看，不好看就是不好看，谁都骗不了人。在那样苛刻的检验标准下，M君被公认为小美女。这世界上最不会撒谎的就是半大小子的审美观，他们对女孩的定义就是"好看""不好看"，哪个女孩被分到哪一类可以由放学后校门口被人跟踪的概率来判断。中学之后，M君的追随者多了起来，谁都没有发现原本瘦瘦小小野小子似的M君已经出落成眉清目秀的一个小美女。朝她吹口哨的人多了，打听她名字的人也多了，上学放学的路渐渐变得不安全。幸好有伙伴男的陪伴。那个北方小城流行"黑社会"，混黑社会的人有一套标准打扮：寸头，白衬衣，黑西裤，黑皮鞋或者黑布鞋。这种打扮往那儿一站，一般人自动就会保持距离。伙伴男偏就喜欢穿成这样，手里拎着校服外套，晃悠着跟在M君身边。在旁人眼里，M君是堕落少女，跟不良少年鬼混，但是在M君眼里，伙伴男就是属于她一个人的天神军团。

　　两个人第一次出现岔路是在伙伴男初中毕业之后。他成绩不怎么好，顶多上个技校，考个好中专都难，而M君的学习成绩相当不错。说到这里应该插一句，对于这些年的细心陪伴，M君的妈妈是心里有数的。这个女人曾经为了心爱的男人几乎亡命天涯，她一个人带着女儿受了太多常人难以想象的苦。她当然也记得丈夫在监狱里反复强调的话，要把女儿看好，不要学坏。最初知道M君身边总有伙伴男的时候，M妈妈也是非常担心的。她很害怕女儿跟着坏孩子变成小太妹。为了这事儿她曾经好长时间都亲自护送M君上学放学。后来接触得多了，她发现伙伴男真的是个很懂事的男孩，他家离她家不远，一大早还会跑到她家的早点摊来帮忙，里里外外能干不少活儿。东北冬天要储存大白菜，十岁出头的小屁孩就知道帮着M妈妈往家里运白菜，忙活得满头大汗。他对M君很照顾，有他陪她一起回家，M妈妈能省出不少时间来，渐渐地她也就默许了。但是，她叮嘱过女儿："不许胡思乱想，要好好读书给爸爸妈妈争口气。你爸爸做了错事，很多人等着看咱家笑话，你要是表现不好，妈妈就没脸见你爸爸了。"M君人小心大，这一切都记在了心里。所以，她在小学和中学里，成绩一直都不错。别的学生偷着给老师送礼什么的，能够在学校得到更多关照，她家经济条件不好，没什么可送的，只能靠自己的努力赢得老师的注意。

M君必须读高中，考大学。她没有别的选择。

一件喜事是，初三的时候，M君的爸爸刑满释放回家了。家里一下子热闹起来。M君的爸爸在监狱里没有受多少苦——当然，刚进去的时候不懂规矩，或多或少要吃点儿苦头——但是他会做人，懂得怎样拉拢关系，很快就在监狱里找到了自己的位置，不说成为"狱霸"吧，好歹能够受到"尊敬"。（据说同一个号子的人不分年纪大小都会主动喊他哥，吃饭的时候自己碗里的饭菜都会先让他一半，不知道真假，传说而已。）反正，M爸爸"荣归故里"了，这是一件大好事。M君说见到爸爸那天，她搂着他脖子转了好几个圈，不想撒手啊，高兴得要疯了。M爸爸回家之后重点抓两件事：一件当然是家里的经济建设，另一件就是女儿的学业前途。

仗着自己宽广的朋友关系，M爸爸开始做生意，让母女俩过上好日子。但是他更注意女儿交朋友。他当然很快就知道了女儿"早恋"的事，对M妈妈大发了一通脾气："我不是让你管好女儿吗？你怎么能让她跟那种混混在一起呢？"M君和伙伴男六年朝夕相处，第一次出现了危机。

好在那个时候M爸爸把更多精力放在做生意上，而且伙伴男上技校，神出鬼没的出现时间不固定，M爸爸就是想干涉他俩也比较费劲儿。所以，M君和伙伴男的约会不再像往常那样明目张胆，而是转向地下。通常是M君下晚自习之后，伙伴男就在学校门口等她，把她送回家，但是不敢进她家门了。M君永远忘不了，放学回家那条黑漆漆的马路曾经是她最流连忘返的天堂，下过大雪之后的路面都是冰，滑溜溜的，一不留神就摔跤，更别提骑自行车了。她和伙伴男各自推着自己的自行车，舍不得骑，因为骑车很快就会到家，在一起的时间就太短了。只好以怕摔跟头为名故意推着车走，两个车把几乎挨在一起。零下十几度啊，戴着手套连手都不能牵，可是即便隔着又笨又厚的大手套，他在她的后脑勺上轻拍一下，她也会幸福得冒泡泡。

"傻瓜，快回家吧。""你才傻瓜呢。""好，我傻瓜，快回家吧，太冷了。""你先走，我看着你走。""你先上楼我再走。""不，你先走。""听话，你先上楼。""你先。""你先。""我爸来了！""啊啊啊，那，我先走了啊！"

就这样，冬去春来，M君考上了重点高中。

伙伴男送给M君的升学礼物是一个文身。说来也怪，他从小就是不良少年，文身这种事儿竟然没有去凑热闹，身上除了一小块胎记，完全没有龙啊凤啊匕首之类的彩色大图。自从看了《甜蜜蜜》，M君总想让伙伴男在身上文一个米老鼠，伙伴男扭着脑袋说："妈的，那么幼稚，有损形象。"

M君上了重点高中，学习任务更重了，学校要求住校，但是M君的爸爸不同意，坚决让M妈妈每晚晚自习之后接女儿放学，有时候他还亲自开车去接。这样一来，M君和伙伴男见面就更难了。

那时候，M君的学校是市里最好的中学，每个人恨不得都上清华、北大，不但读书学习拼命，干啥都拼命，中午吃饭也一样。第四节课老师们都很自觉地不拖堂，铃声一响就宣布下课，然后整个教学楼就像地震要塌了一样轰隆隆响起来，千军万马拎着饭盒奔向学校的食堂。据说体育特长生那会儿特别占优势，最先冲进食堂到窗口买饭菜的总是他们。

就是在那样一个疯狂的中午，M君跟其他人一样，下课铃响了就拎着饭盒往外冲，不锈钢的勺子在不锈钢饭盒里叮当作响。可是她刚一冲到楼下，就看到一个人正站在教学楼门口的柳树底下，悠闲地叼着烟，眯着眼睛朝她的方向望。寸头短得几乎能够看到青青的头皮，衬衣白得在太阳底下几乎晃眼，眉眼衬托得更加英俊。他看到她拎着饭盒傻了吧唧地发呆，抬起手来懒洋洋地打招呼："傻瓜，走，带你去吃好吃的！"

虽然隔着很远，还隔着很多往前跑着去打饭的学生，M君分明看到他露在白衬衣外面的手腕处多了一个文身，在太阳底下亮闪闪的，像一枚勋章。

M君问他怎么突然幼稚起来了——弄个文身在手腕上，伙伴男说，想你了呗。M君说，骗人，你都没文我的名字。伙伴男就哈哈大笑，你的名字不好，我文身上不是光棍儿就是穷光蛋，还不如文一条闪电照亮我们前进的光明大道。M君哈哈大笑追着他打。

没过多久，M君得了盲肠炎，开刀住院好一通遭罪。有M爸守着，伙伴男又不敢去看她，心急如焚。好不容易盼到她出院了，能上学了，每天中午他都跑去学校看她。学校大部分学生都住校，中午能回宿舍睡个午觉。M君没住校，又觉得中午回家太辛苦，只能在教室里趴在课桌上睡觉。伙伴男就坐在她旁边，伸出一条胳膊给她枕着，一动不动，看着她睡得小脸儿红扑扑口水直流，真希望日子就这么细水长流地过下去。

在M君的梦里，日子就会一直这么过下去，这完全不是梦境。但是伙伴男比她现实得多，他知道两个人以后会走上完全不一样的道路，那个曾经在早点摊上帮忙的假小子不会一直在这个小城市里吃苦受累，大把的好前程等着她。她会考上一个大城市的好大学，会有一份体面的工作，会有一个温文尔雅的丈夫，而不是嫁给他这个技校毕业之后不知道何去何从的小混混。这样看着她熟睡的机会不多，也许不会再有。

高三那年，M君跟爸妈商量，自己要考电影学院导演系。那时候M君家里的经济状况已经好了很多，她爸爸跟人做生意，很忙很辛苦，但是让母女俩的生活质量提升了几个档次。一个粗人不懂得甜言蜜语，对家人好就是给钱。他进监狱好几年，媳妇没改嫁，还把闺女照顾得很好，他自觉亏欠她们太多，恨不得掏心掏肺。几乎所有M君的决定，她爸爸都是支持的，还不忘记追问一句"钱够花吗？"唯独两件事M爸爸是坚决不同意的：第一件就是跟伙伴男谈恋爱，第二件就是考电影学院的导演系。M爸认定，伙伴男和演艺圈虽然性质不同，但都不是好东西。他自己是混混，已经混过了半生，深知这种生活的艰苦和不确定性，他坚决不允许自己的女儿再去混。所以，当M君提出自己要去报名参加电影学院的面试，M爸爸非常果断地拒绝了，不给任何反驳的机会。

M君血液里的冒险精神被极大地激发出来，她跟爸爸大吵特吵，一定要去。M爸爸急了就说，不要逼我把你锁家里！小时候，M君一直都是爸爸的掌上明珠，虽然分开了几年，但是她一直觉得爸爸是世界上最好的人。可是爸爸不但反对她跟心爱的人在一起，还反对她做心爱的事儿。她再也不想做乖乖女了。她找到伙伴男说："如果你真喜欢我，就带我私奔吧。"

伙伴男自然是吓了一跳，问清楚原委之后，他想了想，说："你爸爸说得对。"M君当即发飙："对个屁！我问你到底是不是真心喜欢我，要是真心的，就带我去北京。不管怎样我都得去考一次，就算考不上我也认了。"在一起这么多年，伙伴男当然知道她的脾气，虽然有他照顾着乍一看像个柔弱的小女生，但是真犯起脾气来那是十头牛都拉不住，她既然说了想去考导演系，那就是一定要去，要是他不跟着，万一她自己跑过去，那该多危险。M爸爸固然是为女儿好，但对于这个正处在青春叛逆期的女儿还是不够了解。想了半天，伙伴男点头说："好，我陪你去。"

那时候伙伴男已经技校毕业。他当时读的专业是计算机，听起来挺高端，因为那时候电脑还没有像现在这么普及，别说到处宽带WIFI的了，就是连个拨号上网听起来都很牛逼，一般家庭里还没有电脑呢，即便有也是笨重的386，显示器带个大屁股，显示屏像个鼓出来的球。伙伴男报考的时候当然不知道以后电脑会成为这么普及的东西，他只是觉得这玩意儿新鲜，胡乱学学呗。没想到走了狗屎运，毕业的时候还成了挺好的专业。那时候听人说起北京中关村卖电脑特别挣钱，伙伴男也有点儿跃跃欲试的意思。他知道自己和M君之间存在巨大差距，也会有来自家庭的巨大阻力，但是，毕竟年轻，谁心里不长草，不期待未来会更好呢？

M君人小鬼大，有了伙伴男撑腰更是胆子大。她跟在本校毕业的一个考上电影学院的师兄取得了联系，要来了新的招生简章，按照上面写的报名方法开始周密准备。一切都是秘密进行，表面看上去她还是踏踏实实读书的。要不怎么说是粗人，M爸爸看闺女不吵不闹了，以为是怕了他，便不再严密监视，还以为闺女听话了放弃了当导演的念头，还乐呵呵地给了她一大笔零花钱。M妈妈还嗔怪了一句："她还上学呢，每天放学按时回家，你给她那么多钱做什么！"M爸爸说："姑娘大了，自己愿意买点儿什么就买点儿什么。"

M君嘴上抹蜜把爸爸哄得高兴，连着以前攒下的零花钱都放在一起，两眼放光等着去北京交报名费参加考试。

伙伴男那边自然也做了一些准备。他技校毕业了还没怎么正式工作。伙伴男的家境不是太好，他妈妈一直就没有正式工作，全靠他爸在一个半死不活的国有企业拿点儿死工资。伙伴男找其他小伙伴东拼西凑弄了点儿钱来，无论如何要带着M君去一次北京。谁都知道那是不可能考上的，但是既然她想试试，他愿意陪着她，这就是他能够带给她的最大安慰了。

比起钱方面的准备，时间这件事就难多了。从东北老家到北京再考试然后回去，满打满算都要一个星期，弄不好还不够。想让一个高中生人间蒸发一周，这可不是一件简单的事儿。M君和伙伴男商量半天都没个主意，瞒老师可能还稍微简单些，可是家长要怎么瞒啊，M君不能不回家啊。

该着凑巧，M君的爸爸要到外地出差，刚好就是M君去面试的日子。M君决定，在学校呢就骗老师说自己家里有事请两天假，在家里呢就跟妈妈说好姐妹某某某家爸妈去外地进货了，她去做伴。某某某是她的闺蜜，初中起就认识，父母一起做生意，确实有时候会去外地，以前M君去过她家过夜。M君特意跟闺蜜打好了招呼帮着一起撒谎。那个年纪的孩子很少把事情往坏处想，甚至觉得"私奔"这种事儿真他妈伟大，偷偷跑出家门儿，还去那么远的地方，多刺激啊！恨不得自己也参与其中才好呢，帮着撒谎当然不成问题。

计划好了之后，M君和伙伴男真就这么干了。

一切天衣无缝，伙伴男订好了火车票，俩人真的就背着包赤手空拳去了北京，帮M君圆那个不切实际的导演梦。

后来的M君参加过国内国外各种旅行，坐车坐船坐飞机，没少到处跑，但是再没有过那样幸福的体验。车窗外面是皑皑白雪，转过脸来却能看到最心爱的男孩热腾腾的脸。那时候的孩子就是孩子，没有电视和网络的启蒙，男欢女爱方面单纯得近乎愚蠢，虽说伙伴男总以小混混自居，男女关系方面却把持得紧。他不想让M君早早背上一个坏名声，在那个人口素质普遍不高的北方小城，人们有无数种难听的语言抹黑一个跟小混混谈恋爱的少女。他们之间清白无碍，但是总会有人认定她已经堕落得千疮百孔。曾经有他们共同的好友起哄："你们都老夫老妻了，还装什么假正经啊！"M君就很严肃地问："什么意思？"问问题的人被伙伴男揍一耳光，悻悻答道："好吧，你有种，你柏拉图！"

这一次，伙伴男和M君肩并肩凑在车窗前看窗外的白雪被抛在身后，心底里隐藏的某些小欲望好像突然被引爆了。这样激动人心的时刻，这样值得纪念的旅程，难道不该做点儿什么事庆祝一下吗？

M君先是自己想红了脸，不由自主转身看看身边的伙伴男。他的脸离她那么近，她一转过去，几乎碰到他的脸。两个人几乎同时愣了一下，同时往后闪。

M君给我讲这个情节的时候，不由自主还用两只手捂了一下自己的脸，一如当年的十七岁少女。我清清楚楚记得她是这样说的："那时候小嘛，都不知道接吻是怎么回事，但是很想接吻。他大概也是，傻乎乎的，直愣愣地看了我半天，然后慢慢凑过来，嘴唇才稍微碰了一下，一下子就闪开了，然后两个人就开始对着傻笑！"我追问："然后呢？"她说："哈哈，然后，第二次，技术就熟练多了！"她笑得眼角有了细碎的纹路，那时她和伙伴男已经分开十年。

面试没有悬念地失败了，私奔的结果也是毫无悬念。

M君和伙伴男失踪的第二天就穿帮了。先是学校里的老师打电话到M君家里问情况，M妈妈说她去某某某家了，某某某被问话的时候半点儿朋友义气都没有，老老实实都交代了。（这家伙多年以后成为大国企的小领导还是优秀党员，人生真是有很多哭笑不得的事儿。）最重要的是把M君和小男友抓回来。M妈妈几乎是带着哭腔给在外地出差的M爸爸打电话，说姑娘跟人跑了。M爸爸好在没发疯，生意都顾不上了，电话里问明情况，直接就坐飞机赶去北京找他们。他们是去考试的，所以M爸爸没有费太大功夫就找到了这对胆大包天的小屁孩。

M君跟我回忆当年情景的时候是当笑话说的，但是她说第一时间看到她爸出现在眼前的时候真的是吓了一大跳，几乎要晕倒了。伙伴男也是三魂六魄险些不在，虽然他一直觉得是为了M君好，但是M爸爸实在太有威慑力，只要往他面前一站，就算有理也会主动矮三分，就好像小流氓见到大流氓自动就得闪开一条路似的。M爸爸气得恨不得找把刀剁了面前这个愣头小子，最终还是忍住了，咬牙切齿地说："回去看我怎么收拾你们俩！"

私奔事件好长事件都在学校里流传，重点高中里的孩子们太无聊了，好不容易赶上这么一件大事儿，要津津乐道好一阵子。原本大家只是知道高三的M君有个青梅竹马的男朋友在社会上混，没想到竟然混得这么惊天动地。

M君的妈妈原本对伙伴男还是有好感的，这一下彻底翻脸了——她没想到这俩孩子疯狂到这种程度。从时间上算，他们应该在北京住了一夜，住了哪里，怎么住的，究竟发生了什么事……M妈妈想到自己当年差不多就是这个年纪跟了M爸爸，脉门都快找不到了。

她几乎是发了疯似的带着 M 君去医院检查身体，生怕小小年纪再弄出个未婚先孕什么的。M 君的爸爸则是暴怒，一定要好好教训伙伴男一顿，让他知道当年打架斗殴的亡命徒真的是名不虚传的。M 君真的是吓坏了，生怕伙伴男吃亏，拖着她爸爸死都不松手。

当时的情况真的是鸡飞狗跳，可是在 M 君的记忆里那简直是人生最辉煌的时刻。她很难平心静气地跟妈妈、爸爸解释那个晚上对她来说有多甜蜜，怒火正盛的爸妈根本不容许她解释。妈妈甚至拉着她去医院做检查，M 君气急了就在医院门口就地打滚一边哭一边喊："我们什么都没干！我不去检查！你要是非要我去检查以后你会后悔的！！！"

他们真的什么也没干。身上的钱不多，一下火车就被热心的"导游"忽悠了。"导游"问他们要住店吗，要住贵的还是便宜的。伙伴男觉得从安全角度着想应该住好一点的，可是 M 君说要节省一点，还是住便宜的吧。然后，他们就被送到了一家地下室。80 元一晚。

房间在地下室二层，M 君和伙伴男大开眼界。他们真没想到大首都竟然有这么破的旅店，还以为全北京城都是香格里拉或者希尔顿呢。伴着潮湿的霉味儿、公共厕所的骚臭味儿、洗漱间的洗衣粉儿以及小浴室的沐浴露洗发精味儿，M 君和伙伴男找到了他们的临时住所。

说是住所，推开门一看，小屋子里只有一张双人床，床尾有个小柜子，上面放着台破电视机。服务员带着他们来开门的时候眼神儿都是怪异的，以为就是来过夜的野鸳鸯。首都的服务员当然是见多识广，估计那时候去开房的大学生已经不少，可是M君和伙伴男刚刚在火车上结束了甜蜜美好的初吻，还没消化完呢，完全想不出这扇门推开之后暗藏多少玄机。

服务员开了门之后就离开，留下他俩在小房间里手足无措。电视只有几个频道，坐在床沿上看也怪别扭的。伙伴男还想着会是标准间那样有两个床位，两个人分开睡，没想到说好的标准间只有一张大床。好在地下室并不冷，暖气倒是挺足。M君脱了羽绒服抱在怀里看了几眼电视就说："我困了，我们怎么睡呢？"伙伴男说："你在床上睡，我不困，我看电视。"他一边说一边帮她铺床，被子是硬的，枕头也是硬的，一抖落不要紧，枕头底下竟然还抖出一个安全套的袋子。M君傻傻问："什么？"伙伴男满面通红说："妈的，这屋子不好，上当了！"M君过了几秒明白过来，一头栽在床上哈哈傻笑。

很多人觉得一个小姑娘跟一个小流氓在一起必定会出点儿什么坏事，包括M君的妈妈这个跟大流氓过了小半辈子的人，也认定女儿出去了一趟必定失了身。可事实上只有M君自己清楚，伙伴男的小心翼翼一点儿不亚于她。她很囧，他比她更囧。倒是她看到TT的袋子之后先一步变得勇敢起来，红着脸傻笑说："你想做什么都行！"伙伴男说："妈的，你学坏了，这可不得了！"

相拥而眠的一个晚上很踏实，很温暖。M君以为自己会小鹿撞怀紧张得睡不着觉，可是旅途劳顿加上屋子里太暖和，让她脑袋一挨枕头就睡了过去。隐约感觉到伙伴男挨着她躺下了，衣服也没脱，把被子都给她盖上，然后隔着被子抱着她，睡前在她脑门儿上轻轻吻了一下。

很多年后阅尽人事的M君想到那个晚上，忍不住说："找个男人上床越来越容易，找个上床之后还老老实实的男人越来越难。我不保守，算不上乖女孩，但是真有点儿后悔那个晚上太老实。"如果遇到的男人能疼她如父，惜她如妹，他是不是混混有没有成就算得了什么呢？

私奔的风波用了很长时间才平息下去。M君被管束得更加严格了，每天上学放学都得妈妈亲自去送去接，只要M爸爸不应酬，他也会亲自去学校。伙伴男几乎没有靠近她的可能性。M爸爸还使出了更狠的招儿，那就是"找家长"。他以一个女儿父亲兼大流氓的身份亲自拜访了伙伴男的家，问候了他已经下岗的妈妈和体弱多病的爸爸，让他们管教好自己的流氓儿子，别再去带坏他的女儿，否则后果自负。

M君在对父亲的怨怼、对伙伴男的思念和对被扼杀的爱情的惆怅中，匆忙又绝望地结束了自己的高中时光。她期待着远走高飞，考一个离家很远的学校，一定要离家很远很远，然后让伙伴男跟她一起去，必要的话她可以不上大学了，什么文凭啊学历啊那都是个屁，他们可以一起开个台球厅卖卖烤香肠什么的，遇到逃学打球的小孩就骂一顿轰出去。那样的日子不是挺美的吗？年轻的小女孩真的没有什么大追求，与心爱的人厮守终生就是最大的志向。

所以，M君在报考大学的时候，志愿表上一连串都是南方城市，她跟爸妈说南方气候好学校也都好，其实最重要的是它们离家都远。

可是M君的如意算盘落空了。她的所有志愿都得到了支持，最终她也如愿考到了南方的一所名牌大学，正当她得意洋洋要去给伙伴男报告好消息的时候，M君的爸爸说："你先过去，爸爸妈妈把家里的生意打理一下，尽快过去陪你。"

M君顿时就疯了。还能更狠一点儿吗，这是要赶尽杀绝的节奏啊。M君拿出浑身本领跟亲爹抵赖，说什么南方季节潮湿恐怕爸妈适应不了啊，什么生意做得好好的不要半途而废啊，什么四年之后我还是要回东北的不想长期定居南方啊，等等。她下定决心要把爸妈留在老家。可是M爸爸说了："这些都不用你操心，你只要好好上学听话！"

就这样，M君心不甘情不愿地去了南方读书。

比较安慰的是，高三毕业的那个夏天能够经常跟伙伴男见面。那个时候他已经在本地的一家网吧上班了，做网管，而且跟老板的关系很好。网吧是新生事物，如"雨后春笋"般一发不可收拾，伙伴男的收入还不错，比那些一门心思想进没落的大国企或者只能做点儿小买卖的同龄人来说，简直有点儿"高大上"的感觉。M君学会上网，基本都是在他那家网吧开始的。低头在网上聊几句，抬头看看他就在不远处的收银台那里玩游戏，她觉得人生的幸福莫过于此，还追求什么呢。

但是伙伴男已经比从前理智多了。他会拍着她的脑袋说："傻姑娘，你都是大学生啦，马上要去大城市见大世面啦，会有更好的生活等着你，会有更好的人爱你。"

M君并没有去认真分析他脸上与年龄不相符的沧桑和忧伤，只是眼睛盯着电脑显示器上的网页一边傻笑一边说："呸，胡说八道！"

细细回想起来，M君似乎真的没有跟伙伴男告别过，更不曾谈过"分手"这种事。离开家去上大学那天，送行的亲友中没有伙伴男。M君死磨硬泡要给伙伴男打个电话，爸爸就是不同意，最终还是妈妈心软，帮她创造了一个机会跟伙伴男道了声"再见"。她给他工作的网吧打电话，说我走了，你要想我，我会经常上网的，也会常给你写信打电话。他在电话那头说："好，乖乖的，好好读书，交男朋友的话别光看长相，要找个对你好的，照顾你的。"M君骂："呸，你不能偷着跟别人好，要不等我回来收拾你！"伙伴男嗓子有点儿哑，说："好，都听你的。"

这一走，就是几年。M君的爸爸妈妈真的跟着她去了南方，刚巧她爸爸有个朋友在那边儿搞运输，拉她爸爸入伙，是个挣钱的好机会，一家子就在那边扎了根儿。M君就像临别时说的，经常上网，经常写邮件，经常打电话给伙伴男。他总是老样子，叮嘱她要乖，要好好学习，要找个靠谱的男朋友。

　　后来M君回忆说："也许那次从北京回来之后，他就已经在心里跟我划清了界线。他对我好，总是让着我守着我，不让我着急生气受委屈，所以很多事从来不对我说。但是他心里知道，我们是不可能走在一起的。怪我自己后知后觉，又傻又天真，还以为凭着一腔年少热血能够战胜世间一切阻碍。长大了才知道，年少的爱情太过势单力薄，面对时间的洪荒，我们什么都左右不了。"

　　小女孩M君确实如伙伴男所说，乖乖的，好好读书，慢慢长大，也有了新的男朋友——是正儿八经谈恋爱的那种。各种亲密，也各种争吵。M君的爸爸不再阻拦，觉得那个小伙子斯斯文文的虽然有点儿娘炮不过还算老实。每次吵架之后，M君都在QQ上跟伙伴男发牢骚，嫌打字太慢就用语音。伙伴男的变化不大——小城市的人生活变化都不会太大。他依旧在网吧上班，依旧理很短的平头，依旧穿白衬衣，依旧抽很多烟。嗓子比以前更哑，说话的时候声音闷闷的，透着股狠劲儿，可是那股狠劲儿到了她面前总是自动转化为柔软。每次她抱怨够了，被他逗笑了，他总是松一口气，说："这么点儿小事儿犯得上哭鼻子吗？不好就甩了他！"M君不满足，追问他有没有女朋友，他总是含糊其辞地说："有啊，太多了，数不过来。"

读到研究生二年级，M君那个斯文秀气的男友劈腿，跟她一个闺蜜好了。分手时他数落了M君一大堆不是，大致内容如下："真受不了你那种大小姐脾气，也不知从哪儿来的！怎么说翻脸就翻脸？一不高兴就给我脸色看？就算你爸是黑社会，也别想在我面前抖威风！现在可是新社会，混混早晚得翻船！"

依照M君的脾气，她真想抡圆了胳膊抽他俩大嘴巴，或是把这番话告诉爸爸，让他领教一下"混混"的能耐。她甚至想到给伙伴男打电话，让他过来帮她教训他。可她都放弃了，最终只是给了他一声冷笑："真他妈的没劲，又酸又臭，我怎么鬼迷心窍看上你了呢？"

他们恋爱最甜蜜的时候，有一年冬天，M君和男友以及爸爸妈妈回了一趟东北。M君原本打算带着男友去见伙伴男的，但是他没见。M君还逗他："你是不是不敢见我男友呀？嫉妒吧？"伙伴男就说："当然呀，嫉妒得不行。我再大度也见不得自己喜欢的姑娘挽着别人胳膊亲热呀！"M君被他逗得哈哈大笑。笑过之后伙伴男说："我是真有事儿，爸爸住院呢，我走不开。"

跟男友分手之后，M君自己回了趟东北老家。她去见了伙伴男，两个人一起吃了顿饭。那时她才知道，伙伴男的爸爸生病住院花了很多钱，拖了好久。原本伙伴男打算辞掉工作去南方找她的，但是家里实在离不开他。网吧老板对他不错，给他涨了工资，还借给他不少救命钱。

聊这些往事的时候两个人都很平静，某个瞬间，M君甚至有些庆幸，自己真的是长大了，可以理智地处理好这些陈年旧事，可以让自己美好而甜蜜的初恋不带眼泪地落幕。比起那些撕心裂肺的分手故事来，她也许是幸运的。

后来饭吃完了，站起来要往外走，M君学着网络上的流行语说："要是我到三十岁还嫁不出去，你要娶我！"她是在开玩笑，他却没听懂。他愣了愣，轻轻蹙了一下眉，向她伸出手说："过来，让哥抱一下。有六年没抱过你了吧。"

被伙伴男轻轻揽在怀里的时候，M君激动得想哭。她要的很简单，就是这样一个温暖的拥抱，为什么就是得不到呢。她决定收回先前那个笑话，很认真地说："我没开玩笑，我嫁不出去了。我脾气不好，没人要我。你必须得娶我！只有你对我最好！"然后她听到伙伴男在她耳边轻轻叹了口气："傻孩子，净说傻话，你那么好，怎么会嫁不出去呢。可是我不行呀，我，有女朋友了。我是她第一个男人，我得对她负责。"

只这一句，M君死死抓住他的衣襟，号啕大哭。

多少姑娘在心底默念那一句："我一生渴望被人收藏好，妥善安放，细心保存。免我惊，免我苦，免我四下流离，免我无枝可依。但那人，我知，我一直知，他永不会来。"

目的性太强的人都是流氓

老丑

如果我告诉你，想当年丑哥曾有过一个小本子，把自己喜欢的女生类型记录在内，制成一个 4×4 的表格，你会不会笑我？

如果你也遇到一位"表格女生"，她的所有 style，都是你所中意的类型，你会不会也和我一样，拼命追逐？

初二那年，我的"表格女生"出现了。

于是在某节课堂上，我暗自发誓，在纸上偷偷写上情话，署上她的名字，把它折好夹在某本书里，塞到书桌最角落里。

也许类似的初恋和暗恋，稀松平常，全世界每天无数个人都在上演。可对当事人而言，这样的感觉太重要了，尤其一个男生，情窦初开，那真是兵荒马乱。

其实当时的我心里忐忑，想法却单纯而固执：首先她是表格女生，其次我一定要得到她，最后这只是时间和精力的问题。

　　所以一开始，即便人家对我不冷不热，我仍一次次迎难而上，一次次劝慰自己：没错，她是野马，你是草原。

　　我偷着帮她写过作业，她不领情；中午看她在学校吃，我也嚷着带饭，她不达意；我不停地在她面前表现自己，上课积极发言，抢先背诵课文，下课后第一时间冲上讲台，追着老师提问，等老师离开，我再去擦黑板……可种种事情过后，她依旧和往常一样，无动于衷。

　　那些年，我认真地追逐，她认真地拒绝。

　　那些年，我力不从心。原来许多东西许多人，并不是想要，就可以得到。

　　等上大学，我再次从"校内"上搜到她的名字，要来她的电话号码。我想时过境迁，她对我的感觉可能会不一样。我想做最后的努力，想方设法装成她想要的男生。

　　加她"校内"之前，我把个人主页审核一夜，把不良信息全部屏蔽掉，然后才告诉她。每次玩笑前，我事先把话语在脑子里过一遍，去掉脏字以后，才肯讲出来。发短信更是不得了，即便生气，我也要在短信最末加上一个笑脸，表示友好。

　　为了讨好为了得到，我常常以"高大上"的姿态出现在她的面前，买机票飞去她的城市，带她看一场既无泪点又无笑点的文艺片，听一回不懂装懂的交响音乐会，吃一次谁也吃不惯的日本料理。

可两个月过后，她仍未表态。我忍不住追问她，对我感觉怎么样？

她笑了笑，直言不讳地对我说，现在的我还和从前一样，唐突、莽撞、功利心太强。

我尴尬地回笑给她，想解释些什么，但似乎来不及了。

感情之事，不过浪漫一时，现实一世。一段屌丝苦追女神的故事，本无什么道理可言。

可能喜欢的人，看上一眼便可私定；而不喜欢就是不喜欢，做得太多也是枉然。

又可能，年少的我不那么崭露锋芒，等大器晚成后再去寻她，她会接受我。而年长的我不那么做作，不带面具不加伪装，或许不会被拒绝得那么干脆。

某大学同学为了准备结婚，把父母的旧房作抵押，在京郊贷款买了一套新房。可房子买了，装修入住过后，"女主人"却迟迟不上门。

有房有车的人那么多，女人结婚又不只图这个。两年多过去，他一段像样的感情也没谈成，反而最终因为承受不住每月近万元的房贷压力，拍卖房子后，一个人灰溜溜地逃回了老家。

直到现在，可能他也不能明白，他的错和我一样，目的性太强，不计过程一心只想得到。

许多事情，是你的逃脱不了，不是你的你强求不到，绝不会因为你的好胜心、你的目的性而变得不一样。

姑娘们或许只是想谈一场恋爱。爱到浓时自然水到渠成。而我们，都太急躁了，看上了就想要占有，得到了还惦记着永恒。

想想这些年，我们的爱情的确太过功利了吧。

妞儿们问我最多的问题，是暗恋该不该表白，如何吸引喜欢的男生。爷儿们问我最多的问题，是如何吸引各路姑娘，如何不择手段，使自己变得高雅浪漫。

认真没错，只是爱情之事，太过认真就显得急功近利、唐突佳人了。哪怕这场恋爱的主角只有自己一个人，但那又怎样？

很多时候，我们交往的目的性太强，为了结婚，为了上床，或者摆脱孤独，甚至因为一个人的一厢情愿，偏要求对方进入到自己的剧本里。带着需求去爱，或许我们可以很快获得满足，可爱情不是答案，一旦目的实现，彼此的激情也会因此迅速消散。

不以结婚为目的的恋爱都是耍流氓。

对此，我只能呵呵一笑，爱就爱嘛，附加那么多的目的和期望干吗。我不过是想谈一场恋爱，做最真实的自己，交最合适的人。我们不谈其他，可以吗？

不带目的，我们往往在不知不觉中收获所有。

而那些目的性太强的人，反倒成了真正的流氓。

3

温柔的风穿堂过

就当是你扑灭我，那样我也送你离开

／ 米没了 ／

我猜这是我最后一次提起你。

算起来几乎已经一年了，一年前我第一次在你的网络相册里留言，还碰到了夏洛，当时我和她说，别抢，这个我离得近。

原来有些事不能胡说，说了不定后来会怎样。

我后来有很多事情不能再做，同样味道的乳液不能用，木头地板不愿意踩，有一些歌不能听，有一些东西不能再吃，有一些地方不敢再去……深夜两点的夜路也没法好好走，那是我第一次去见你的时间。

夏天的时候每次喝多我就打车回家，我想过很多次干脆直接打车去你那里，可后来你搬家了。

刚刚我想确定一下到底是什么时候见到你的，于是去看那张照片下的评论，我的回复都被你清除了。

你一直做得很绝决，我是看到了，我看到了也不能有反应。我不能生气，一开始是我不肯，后来是我没资格。

我看你在 QQ 上和认识你不认识我的人，提我，没有一次不是满含鄙夷厌恶的语气：你说有个女孩身材怎样怎样，长的怎样怎样，跟你怎样怎样；你说好烦啊，赶都赶不走。有时候说这些话的时候我就坐在你书桌旁，有时候说完这些话我们就一起去超市买很多菜，回来你做，我等着吃。

我搬新家，你买了全部的锅碗瓢盆，兴冲冲要做第一顿饭，装不上煤气炉还在夜里特地跑去涩谷买配件，又买错，最后只能热便当吃。后来你总来，吃火锅，也做过很多次饭，有时候叫我室友一起来吃，她们喊你哥，你装 GAY 逗我们笑。

那段时间我发短信给你，你都回；我每天都打电话给你，你有时候也会打过来。你会突然表现出你的厌恶，然后又让我觉得这些厌恶短暂离开。

你拥着我挤在小小的矮几下看一部电影，影片中那个胖胖的女人说不然我怎么办，谁爱我，谁爱我。我哭了，你没动。

我三番五次试着彻底离开这样不清不楚的你，舍不得就再去找你，我哭，你把我的头按在肩膀上。

我拿着你的钥匙，一开始你放在门口的鞋里，后来我就干脆拿回家，最后一次还钥匙给你，我到你家时，你还独自在外喝酒，接了电话很快一身酒气西装凌乱地回来了，你对我笑，我就不想离开你。

后来你陪我过了生日，照了很多照片，那是我在 2010 年最好的样子。我踩了满脚的沙子，在马路旁等你，你买了矿泉水，帮我冲脚。

那片海那天真的很美，我们走了很久。

再然后你跟别人去听演唱会，我知道你跟那姑娘没什么，但是我害怕你不接我电话的感觉，后来你哄我，也解释，也道歉，也保证，再后来你就跟我说："我凭什么迁就你。"

一个月没见之后我又一次突然跑去找你。

还是在 QQ 上，你和朋友说聚会时认识了一个女孩，很漂亮，这城市这么大她却住在你附近。

第二天你去上班我去车站，一路上你再也没牵我的手。

后来你的生活就与我无关了。

回想起来，吃饭和睡觉，待在一起看电影和球赛，是我们做过最多的事。

你总是喂我吃东西，在便利店门口，在阁楼的楼梯上。你说吃这个很好吃，然后就递到我嘴里，也做过很多次饭给我吃，我央求你，我说我想吃什么，你就买给我什么……

你家总是很冷，毛毯一直没离开过我们俩；吃饭的时候我把脚塞到你腿上取暖，有时候你拿手握着它……

你喜欢逛超市，聚精会神地逛，喜欢一个人旅行，你看书的时候戴眼镜，牙齿有一块缺口咬人很疼，睫毛很长，说话有口音……

你买过小礼物给我，其中有一条手链，你是蓝色的，我是粉色的，我回国时丢在家里了……

我买了戴领带和涂着口红的钥匙链娃娃，我的后来和钥匙一起丢了，你的到我最后一次见到你时还在。

我还能想起你的味道，想起你听过的歌，想起你存在过的一些地方。我这里还有两个你的U盘，几本你的书。你写在我记事板上的字后来我擦了，你帮我排版的电脑桌面，我还在用，但是过几天就要买新电脑了。我已经很久不做饭了，厨具都是室友们在用，她们还记得你叫什么，但很少提了。

我快搬家了，也快升学了。你之前说我考上东大你就娶我，我离开你之后没法去上课，出勤率很差，好在运气还行，考上的学校还算中等。

　　最乱的时候认识一些人，我和每一个人都提过你，说有怎样的一个人曾经来过，后来他们都没有爱我或者继续爱我。

　　有谁愿意跟我在一起，如果我不讨厌，在一起挺好；但如果有谁不愿意和我在一起，我却觉得有点喜欢，就算不在一起也没什么。

　　连你都经历过，还有什么。我总觉得我曾为你挣扎，面对别人直白的取舍又能算什么。

　　我应该是有很多变化的。那时候住校，很多人都以为我是因为之前的男朋友。你否定我，我就想否定那样的自己。

　　后来我尽量安静点，不掺和，少浪费点时间。跟谁都不想说话时就拼命写日志，有时候写完就删。有人说我消极内敛了，其实我只是安静想事情，百思不得其解你为什么那么干脆地厌恶我远离我。

　　我想了很久，很多人在这个过程里来去，眼泪不只为你而流，好像也为别人流过，然后我得到很多很多公式，但是最后我也没解开这道谜题。

　　一场海啸，我站在那里看它扑向我，想自己为什么会在那里，想它为什么来。没想明白的时候就已经被它扑灭，没想明白的时候，它就已经冲刷过我，从我脚边流淌而去了。

后来我认识了很多认识你的人，一开始确实是好奇，但后来我真的是想和他们做朋友，他们都是很好的人。

他们说你是个很厉害的人，他们说你很特立独行，他们说你真的是很奇怪，他们很少主动提你，我也不问。

偶尔我看着他们，想着和他们在一起的你是什么样子。

前几天新年会去唱歌的时候，不知道谁点了李宗盛的老歌，有人唱，我终于失去了你，在拥挤的人群中……

我抱着腿听得很认真。

现在我很好，虽然没确定下来自己到底是谁，但是有了想做的事情，也不会再因为别人影响自己甚至改变自己。

我猜你应该还是那样：难过的时候拉着窗帘不开灯，窝在沙发里喝酒吧……

谁会切实的爱你呢？谁会准确地和你在一起呢？

你要怎样的方式呢？最后会怎样得到呢？

一开始我写这文章是满怀怨怼的，写到这里，我却希望不管你想要什么，你都可以得到。

你会知道自己想要什么吧?

我在这里跟你告别,就算你表现出厌恶,我想你也会在心里暗自沉默。

之后人生路还很长,我希望碰到不一样的人,我希望我可以承受得住想你的感觉,我希望我会笑,也会哭,我希望有一天我不会再去别人身上找你的影子……

这首歌循环了一夜。这首歌也曾唱响在 11 个月前,你花了 1 万 6 千日元,让我穿越深夜的东京去找你。

我在山顶的夕阳下等候你,

我在海边的夕阳下等候你,

我在城市的夕阳下等候你,

我在田野的夕阳下等候你,

我在喧闹的人群中等候你,

我在孤独的夜晚下等候你,

我在空旷的广场上等候你,

我在熟悉的交叉路口等候你。

天空如此湛蓝我是绽放的花,

开在金色的原野上你能否看见？

微风如此温柔我是绽放的花，

开在蓝色的天空中你能否看见？

......

这次听过之后我就去等别人了。

某一天，当你再次听到这首歌，或者无论如何终于想起我，也请你在心里好好跟我告个别吧。

别的，就不再多说了。

是他情多，还是你估错？

艾明雅

鄙人一闺蜜近日异常悲伤加愤恨。

Y小姐，25岁，湘某知名大学理科硕士毕业，刚刚踏上工作岗位。长得不算差，气质不算差，但是"运气"却相当差。据她本人口述，长年来，总是遇上只暧昧不恋爱的先生，特性出奇地一致：给了点糖之后，拔腿就跑。剩下满怀希望的她在原地久久地张望，长长地惆怅。

以这次这个为例，我称他为拽先生吧。这位爷大概也是在硕士快要毕业的时候勾搭上了 Y 小姐，木有上床，木有接吻，但是时常约她，儿女情长地倾诉一堆，偶尔还会在夜晚的湘江边用胳膊搂搂Y 小姐的小腰身。前两个月，拽先生被派回原住地工作去了，夜夜长途电话，日日短信不停。Y 小姐宿舍的每个女生都在一旁不住地恭喜她，恭喜她终于要投入满世界恋爱的浪潮里去了。

我听闻此事，后悔不迭。我悔的是她干吗不早将此人的存在告知我，若是我知晓此事，绝对不会照着她宿舍那帮纯美小姐帮着他说好话，我反倒会一盆子冷水扣死：你想做他的女朋友，还远得很。

果然，不出三日，此位爷态度大变，电话里一句定乾坤：我对你没有什么感觉，你误会了。

你们怎么想？

不少女生在默默挂断电话之后，心里此时必然只有三句话：一、你大爷的，你没有感觉搂我干吗？二、你老妹，你没有感觉夜夜打我电话干吗？三、你老妈，你没有感觉招惹我干吗！

在我们未曾被"点醒"之前，对男人以及对恋爱关系的认知，真的只停留在这个阶段。

在女生的概念里，一个男人如果喜欢上自己，一定会天天打电话给自己，会约会，会见面，会吃饭，会偶尔牵手。

没有错。但是这个道理只能够顺推，也就是，他若是喜欢你，他真的会做这些事情。

他如果不做这些事情，他必定对你没有太大意思，所以不必为他找借口。一个男人就算忙到腿发软也会给他在意的女人打电话。

但是，反推，如果一个男人整天约你，见面，吃饭，偶尔牵手，就一定代表他喜欢你吗？

NO。

我记得一个男性朋友给我说过一句话，千万不要搞清楚男人在追你时候的真实想法，不然你们女人真的会去撞墙。

一个男人勾搭一个女人可以有两个理由：一、他需要一个女朋友；二、他不需要一个女朋友。

但是多么可怕，一个女人愿意被一个男人追，大多数只剩下一个理由：她需要一个男朋友——当然，习惯性滥交的女人除外。

一个男人不需要女朋友的时候，他也可以做出很多追求的行为。

比如，他出差到某个城市，那个地方有他颇有好感的"故人"，他约出来送送花，请请吃饭，叙叙旧，然后旧情复燃一下在陌生的酒店里度过愉快地一晚，然后各走各路。

比如，他在某个学期的后半段闲得无聊，找个美女说说话，聊聊天，看看江边的月色，然后各走各路。

拽先生无疑就是后者。但是为什么 Y 小姐能够很轻易分辨出上一种情况是乱搞，而搞不清下一种情况呢？

原因是，她内心有期待。期待是极度蒙蔽性的东西，尤其表现在女人身上，其实你并不爱他，你爱的是你幻想与期待中的他。可惜，那不是真正的他。

在男人追求你的初期，真的不要有任何期待，亦不要找任何借口给他。不仅仅是对男人，对自己，亦不要有期待。

我很感激我是个射手座女生，因为自己是个半人半兽，所以我很能明白一个人的占有欲与兽性。我相信任何一个男人在追求女人的初期只有一个动机，就是把你搞上床。在这个阶段，没有好男人与坏男人的区别。

区别在于下了床之后，坏男人会奔赴下一张床；好男人愿意跟你开始床以外的生活而已。

所以，不要那么快认定一个人。不要认定他就是那么喜欢你，相反，他并没有那么喜欢你。很多女孩子都会觉得，我这般容貌，居然会有男人不喜欢我，拼死不承认这点。

　　这个世界，总有一个男人不会拜倒在你的裙下。现实而已。

　　Y小姐这般是最冤的，被人甩，被人吃了豆腐也就罢了，回头你连个控诉的理由都没有——凭你说他始乱终弃？Come on，人家连那个"始"都没跟你说过，更不必为了这个"终"跟你道什么歉。

　　哀其不幸，完了必须要怒其不争。

　　我这种人，从来不会为了这种事情帮着女友说什么好话。相反，我会数落，会痛斥她，直到骂醒为止。我不觉得在女友被人骗了的时候递个纸巾一起骂骂男人都不是好东西就是合格的闺蜜。世道这么乱，花心男遍地走，骂完一个还有第二个——但是偏偏为什么百分之八十的好男人掌握在百分之二十的女人手上，偏偏就是你天天被人骗？

　　只能说明你的人性里，必定有空子可钻。大多数的漏洞是这三个字而已：不理智。

其实我真的搞不明白为什么这么多女孩子还在情海里沉浮，整天猜男人到底喜欢还是不喜欢自己——对于女人而言，这个世道真的舒服得很。吊带旗袍随你穿，排档酒店随你吃，裸妆烟熏随你化，帅哥猛男随你选，不必在意任何人的看法，不必顾忌传统道德的束缚。在恋爱关系里，你可以成为任何一种你想成为的女人，你可以摆出任何一种你想摆的姿态——除了脸上不要写一句：我很好骗的，都来哦。

在这个世界你唯一要做功课的不过是睁大了眼睛看看每一个围绕在你裙边的男人，他们都是一样的热情，一样的殷切，一样的笑容可掬。你开心的时候，OK，没问题的，赏个脸陪谁去看个电影，回头照样睡你的觉，第二天醒了忘掉他所有说过的话，继续看他的表现。

直到有天，狂蜂浪蝶都散去了，有个人依然在那里抱着玫瑰花等你跟他回去。那时候，你再做决定也不迟。千万不要一开始，你就认定了他。

Y小姐："他是不是有新欢了？"

我答："必然的，不然他何必这么急着跟你撇清关系。多暧昧暧昧又不花钱。"

　　把你的聪明劲儿摆出来给人看，吓跑的不过是那些不适合你的
男人。

　　世道这么乱，犯不着装纯给谁看。

我不想你，我只是很想当年那样爱你的我

张躲躲 /

"那时"——这真是一个神奇的词，一下子把时光轴拉得缥缈遥远，所有景象都带着美好的怀旧色真切起来。

那时，我和某某某同在省重点高中，念着同样的年级。他除英语弱一点，其他科目成绩和我不相上下；他人缘极好，男生都喜欢跟他约踢球约吃饭，女生都喜欢围着他问各种天文地理的稀奇古怪的问题；他是很传统的浓眉大眼高鼻梁，偶尔戴眼镜也遮不住他的双眼皮（现在的小孩子可能觉得这样的长相很老土吧，但是在我的青春期，我真的就只喜欢这种粗犷刚硬的线条，好吧，现在也是。）；高一入学军训时他是标兵，穿军装的样子比军队里来的教官还要帅。

那时的我有着不错的成绩，有着不错的性格，也有着不错的身高和不错的青春期婴儿肥——你知不知道，这样的女生其实特别悲催，她们往往会有着不错的朋友圈子，而这些圈子里的男性通常会把她当"哥们儿"而不是交往对象，更谈不上魂牵梦萦的女神。那时的我是这种悲催女生里的极品，光听绰号就知道：阳刚。

那时不流行"女爷们"，也没有"女汉子"，一个女孩被唤作"阳刚"，如果还有廉耻之心的话应该一哭二闹三上吊一下以呵护自己玻璃一样的少女心吧。但是我没有，我乐哈哈地接受了，还在人家大声呼唤的时候脆生生回应。十六七岁的男孩子喜欢的女生类型肯定千差万别，但是我清楚地知道，我喜欢的人，他不喜欢我。因为别人喊我绰号的时候，他在笑。

你不喜欢我，没关系，只要我喜欢你就好了。阳刚大姐当时就这么想的。谁让他笑得那么好看呢？阳光穿透梧桐树的叶子，细小的光斑跳在他的脸上，他的大眼笑成一条缝，我想我这一生都忘不掉。

我们不在同一个班级，下课的时候我会故意绕到他的班级门前走，或者故意在他经过自己班级时跑出去制造"偶遇"，课间操的时候，升旗仪式的时候，一双眼睛在人群里到处搜索他的影子。这样的白痴行径任何一个暗恋过的人都做过吧。

好吧，如果只是这样，我也就跟其他怀春少女没什么区别了，太对不起"阳刚"这个美称。我没暗恋，我表白了（捂脸狂奔）。

具体细节不多讲，反正我顺理成章地被拒绝了，好在我心胸宽广皇恩浩荡，继续腆着脸跟人家做"哥们儿"。食堂打饭的时候故意插队到他前面，全校大扫除的时候挤到他跟前让他帮我洗拖把，考试前找不到 2B 铅笔填写答题卡，一定要跑到他们班去"借"（好在那时候`"2B"这个词儿还没有像今天这么普及），写了新小说第一时间拿给他看，揪着他耳朵让他说"好"，偶尔大姨妈来了心情不好就把他揪出教室狠狠骂一顿"我喜欢你那么多，你喜欢我一点点会死啊"……（我此生所有丢脸行为貌似都用在了他的身上。）直到高考的最后一天，我还用他的饭卡给自己买了碗冰粥喝。

死缠烂打，软磨硬泡，甜软绵贱，死不要脸，却满心都是幸福。

十六七岁的年纪，谁都不敢说"爱"，偷摸说句"喜欢"已经是不得了的大事。现在回想起那段岁月，反倒觉得那是"真爱"。那样的感情，没有斤斤计较，没有患得患失，而是急着把自己奉献出去，恨不得让全世界都知道我对那个人的心意。如果可以把心剖出来，我一定会的吧，一定会很大方地递到他面前说："你看你看，这就是我的感情，鲜活滚烫。"也许他会感动，也许仍旧拒绝，甚至会吓到或是惊恐。但是我就是那样执拗坦荡，无怨无悔。

高三那年，我家出了事，我整个人都灰头土脸，飞扬跋扈的精神不再，每天没精打采像条死狗。爸妈也空前的忽略我，不记得我的生日。生日那天中午，我拎着饭盒去食堂吃饭，校园广播站又按照惯例开了"点歌台"。恍惚间听到播音员在念我的名字，说祝我生日快乐。世界好像一下子安静了，喧嚣的校园一下子凝固了，其他声音都被我自动屏蔽，耳朵里只剩下某某某为我点播的歌曲。借着播音员的声音，某某某对我说："别怕，有我在。生日快乐。"

他为我点的歌是老狼的《同桌的你》。"你从前总是很小心，问我借半块橡皮。你也曾无意中说起，喜欢和我在一起……"我他妈从来没小心过啊，用橡皮都是用抢的啊。我他妈哪里是无意中说起啊，我就差堵在你教室门口大喊"我爱你"了。音乐那么好听，旋律那么悠扬，我戳在校园的甬路上，伴着人来人往，哭得像个傻逼。

某某某送我的生日礼物是一盘磁带，就是《同桌的你》。其实那时候大家已经很少听磁带了，CD已经成为炫耀的配饰。但是我视那盘磁带如珍宝，把随身听放在枕头边儿，每天临睡前都要听几遍。终于有一天半夜，我的随身听不争气地坏了，把磁带搅出来老长。我拿根铅笔很努力很努力想把磁带绕回去，可是不知道怎么搞的，带子拧个儿了，再也回不去。不能听了。窗外凌晨三点的月亮跟大冰盘似的，一盘子清冷光辉都洒在我身上。我一边绕磁带一边哭，嘟囔着："妈的这是某某某送我的啊，怎么能坏了呢。"再次像个傻逼。

后来我们天各一方，到了不同的城市，读不同的学校和专业，各自谈着恋爱，大方地调侃对方的失态。我落井下石地打击他："谁让你当年不接受我一番盛情，活该被人甩掉！"他发挥腹黑毒舌优势："谁让你当时那么胖，还顶着一个难听的绰号不以为耻反以为荣。"我气得想摔电脑，终究只是诅咒："你肯定比我晚结婚，哼！"他的 QQ 很长时间保持输入状态，最后回了一句："当然啊，你长到二十岁就可以结婚，我还得熬到二十二岁。"不知道怎么的，鼻子就有点儿酸，眼里泛泪花，再没回复他。我当然很快就会到二十岁，但是二十岁的时候我已经知道曾经特别想嫁，发誓这辈子就要嫁他，如果不嫁我就出家的那个人，永远也嫁不成了。

再后来，他回到故乡，三十而立，成家立业，水到渠成。我漂泊异乡，劫数多多，却也幸运地否极泰来——更解气的是，我终究比他先结婚。

消息是在同学那里辗转听说的，我们没有再联络过。几次高中同学聚会，我都因故没到。同学说，他现在事业挺好家庭挺好一切都好。我哼哼，他当然要好好地活着，这样才可以看到我事业很好家庭很好身材很好一切都好，哼哼。同学打趣，你还真记仇啊，恨人家当年拒绝你。我睥睨，如果这算是"仇"，我当然要记啊，我最好的年华都给了他，最无耻的爱恋都给了他，如果他没有变成绩优股岂不是说明我当年很没眼光？他这样好，完全是因为有我的感情浇灌！（同学晕倒，抢救。）

只是没有任何人知道，那盘永远不能再听的拧了麻花的《同桌的你》，深深藏在我的秘密抽屉里，成为此生最贵重的礼物。

　　记得看过一句话，爱情这东西，要么别想，要么别放。十几岁死缠烂打，二十几岁两眼泪花，三十几岁终于可以放下。我不想你，我只是很想当年那样爱你的我。

一个骗子说给一个傻子听

老丑

这个故事的主角，我们就叫她小恶吧。

之所以叫她小恶，是因为那部台湾偶像剧《恶作剧之吻》。

大学上课的时候，她捧着 MP4 在拼命追剧，不巧被线性代数老师逮个正着。老师问她姓名，她说她叫袁湘琴。老师把她名字记下来，事后一跟我们班主任核实，却发现根本没这个人。

大学里每节课都有上百人听，一个老师每周要上七八节课，线代老师没办法一一核实，但怒火难消、面子难保，所以下一堂上课前，他说了这么一句话："那个说自己是袁湘琴的学生，我已经知道你课上追的是什么剧了。《恶作剧之吻》是吧？还真行，你给我一个恶作剧，却没给我吻。"

一时间，线性代数老师火了，她也名声大噪。于是，我们背地里叫老师为大恶，叫她为小恶。

铺垫这么长，你也能看出她的性格。小恶和她的名字一样，不过是小小的恶搞，心地却极度善良，甚至憨厚。其最大的弱点，便是无脑，至少整个大学时代，每个人对她都是此类的评价。

无脑是假，痴情是真，执着是根。她说她是袁湘琴，一点没错。

也是开学不久，也是一见钟情，也是穷追不舍，怎奈师兄冷漠，小恶如此暗示他都没有任何想法。

情这东西，一来二去，即便两颗石头，也是可以擦出些火花的。

况且小恶长得不丑，几经周折，两人极度暧昧。午餐的时候，小恶帮他打菜，自习的时候帮他占座，社团做活动给他拉赞助，熄灯以后溜出去与他轧马路……

将近一年，她跟我们说，对方已经承诺，毕业后就跟她领证。

我们替她开心，但也很困惑，他俩不是一个专业，也不是一个年级，老家也不在一起，到时该怎么生活。

她说没事，他答应她，等她毕业他就离职，搬去她的城市。

此话一出，小恶的外号几经更换，有人叫她女王，有人称她教主。现在来看，这些封号过于夸张，没处过几次对象甩过几个男人，根本撑不起这些名头。可那时候，如此奔放的女追男式恋爱，算是情节波折，而"女王""教主"这些词儿也充满了正能量，非小恶同志莫属。

花开两朵，各表一枝。小恶此时风头正劲，师兄却丝毫不知。他没有声张，也没有造势，反而暗地里偷偷告诉小恶，这种事情两个人知道就好，不必与闲人讲，大秀恩爱容易遭人嫉妒。

小恶以为这是恩赐，是福利，是彼此恋情的通关密语。渐渐地，风波平息，她也就不再拿出自己的事情与众人分享了，我们也都以为，他们过得很甜蜜。

转眼已是大四开学，无论工作还是读研，分高者都有绝对的优势，每个人对成绩都十分在意。公平起见，这三年来的总成绩不再单独发放，而是公布给每位。

大学里看成绩单和高中时代是有区别的，除了成绩出众的几位，其他人或是从后往前，或是从挂科一栏起，用排除法一个一个顺着捋，和赌神翻扑克牌时的场景一样。

这边有人欢呼，那边有人沮丧，甚至还有个女生哭着跑出教室。可能太过专注，竟没人看出跑出去的人是谁。

再环顾四周，用排除法很快推断，此人正是小恶。再一看成绩单，小恶前两年成绩全在系里前五，大三最后一学期却挂了两科。按GPA的算法，60分以下全部计零，如此一来，小恶的成绩倒数第七。

一张毕业的成绩单，结束了小恶一切的女王梦。

我们都以为她和师兄整日缠绵，才荒废学业，但没人敢追问，也没人提起此事。那段时间她精神恍惚，我们只能小心安慰。

直到毕业前的聚会，等她喝醉，大家才知道，原来让人荒废的不是喜悦，而是失望。

大三下学期的期中考试，正值十一，大家都没什么计划，一门心思地为考试准备，小恶也打算看完师兄回来再去复习。

在某列由合肥开往北京的Z74火车上，小恶可能和许多人一样，都打算给对方一个惊喜，所以没让师兄接站。

坐在车站外面的肯德基餐厅里，她拿起了手机，手机这边是激动，手机那边却是个女人，告诉她所拨打的电话是空号。仔细核对几遍，又拨了几遍，结果都是一样的。她又拨通了他两个同学的电话，得知他早已不在北京，去了深圳，新号码无人知晓。

她吃完剩下的薯条，又干了一整杯可乐，而后起身，从候车厅外的黄牛手里，买了连夜赶回合肥的火车票。

她说，她的女王梦，其实从走进车厢的那一刻起就破碎了。

躺在上铺，她整晚一动不动，渴望脱轨，渴望掩埋。

她说，当她第一遍打过去，得知电话是空号的时候，她就知道自己被骗了。望着车厢顶棚，她从未如此清醒，只那一夜，便理解了对方的一切。

低调、隐瞒以及躲藏，从头到尾，不过是为了骗局得以圆满。而承诺，不过是骗子的一种手段，用来稳住局面。

火车车轮拼命撞击着铁轨的缝隙，像一个无人知晓的小村庄，发生了一场四五级的地震。即便没有伤亡，也足以摧毁她的内心，不留一切。

从那时起，她开始喜欢车轮撞击铁轨的声音。她说，这声音很真实，骗不了自己。

在这声音的掩埋下，她本可以哭，但她没有哭。她说，她想保留住自己仅存的尊严，至少让自己看起来不像个傻瓜，假装不曾被骗。

都说青春无悔，傻瓜无罪，痴情也算一种经历。就这样，小恶自责一番，酒醉一番，再吐露一番，此事也就成过眼云烟，无人再提了。

转眼已经毕业四五年，再次撞见她，是在北大附近的某家健身俱乐部里。

其间我在忙着减肥，每天游走于各种有氧、无氧教室。而她早已结婚，脱胎换骨，丈夫大款，自己成了全职太太，每天不是塑形就是养生，为生宝宝做准备。

谁知一起上课没多少时日，小恶就迷上了新来的健身教练，她说他的某些举动很像师兄。

日久生情，两人渐渐亲密。但知道小恶是有夫之妇，所以男的也不敢太过激进，有时看我在场，还故意保持距离。只是小恶，把他说的每句话都认真记下，好似旧情复燃。

某天她跟我说："丑哥，我怕是要重获新生。"

我装糊涂，问她为何。

她说："昨晚送我回家的路上，他跟我说，如果将来有天我家那位不再爱我，他会要我。"

"要是我爱上一个已婚美少妇，恐怕我也会这么说吧。"

"他不一样。他条件比你好，没必要说这些话来讨好我。"

听了这话，我笑了，因为我把它当成了笑话。

记得小恶当时也笑了，不过她却把它当成了真话。

不早不晚，一个礼拜后，她先生刚从外地回来，她便和他吵了一架。后来才知道，当时她只是愚蠢地想要激怒他，而后再去找那健身教练，寻求安慰。随口的一句承诺，早已在她心里扎根。

那天夜里，她摔门而出，没打招呼，便哭着跑去健身教练家里。

可等她敲响房门的时候，出门迎接的却是一个抱着孩子的女人。至此她才明白，躲在家里的健身教练其实早已身为人父，不过是长得年轻，手段高明。

接着，她说了声"抱歉"，而后便径直离开，像个冒险后渴望休憩的孩子，哭着回到先生身边，请求他的原谅。

呵呵，我们都笑风光张狂的年纪，少女们什么谎话都信，什么承诺都听。

老实说，不是我们没有能力识别谎言，只是没有经历、没有伤痛、没有提醒，谁也无法想象轻信承诺的代价有多惨重。

都怪年少无知，埋怨傻瓜花痴，为何却从不数落骗子，手段高明？

当没人知晓男人嘴里的那些"永远"，究竟能有多远，男人说过的"未来",到底会不会来的时候,我只能告诉女人:对待承诺,你可以享受,可以回味,却不可以相信。

"我将在茫茫人海中寻访我唯一之灵魂伴侣",这是徐志摩曾经许下的承诺,可他终究,还是结了几次婚,爱了几个人。与林徽因说过的肉麻话,他和陆小曼再说一次,也毫不怯口。

其实最好的承诺,不过是两个人许诺的时候,言者可以有心,闻者可以有意。能做到这样,承诺的使命就算完成了。若把它认真记下来,以便事后拿来对质,那真是太过苛刻了。

那件事后,小恶与我倾诉,我没责备她,也没安慰她,只是问她为什么这次没能忍住不哭。

她说,被骗了那么多次,她早已不顾尊严了。

我告诉她,在骗子眼中,轻信谎话的傻瓜是没有尊严的。

Cristina

我为什么这么爱那个不爱我的他

1

"为什么就不能和我在一起？好呀，不和我好那我今天就不走了！不下车！不回家！"

"你让我拿你怎么办？"他轻轻地摇着我的肩膀说。

眼看着今晚上是没办法有什么质变了，我摔上车门撂下一句"不管怎么样我都不会放弃的"，头也不回地走了。

这是七年来我第一次当着他面表白要和他在一起，以前都是懂事善解人意的形象，今天赖皮得跟车垫子一样粘在他的车上怎么都不下车，却还是没有成功。

最近很多认识不认识的朋友问我他到底哪儿好，为什么就这么不顾一切地喜欢他，想和他在一起。想了很多，很久，都想不出来个所以然来。自己好像一直找不到答案，脑子里却又充满了答案。

喜欢他这件事到现在已经刚刚好七年了。这七年有暧昧的甜蜜，有酸楚的猜疑，有朋友的相处，有细腻的温暖，而更多的当然是我无尽的等待和沉默。即使是有男朋友的时候，他在我心里也一直有一个位置，只是于情于理，责任也好，羞愧也罢，都安安心心地把他藏了起来。除了闺蜜，没人知道我心里还有他。我几乎从不主动联系他，只有放假回家了会约出来吃个饭，或者沾沾朋友们的光，有幸见他几次。也是远远的，不怎么说话，人多的时候他从来对我不咸不淡，旁人无法知道这两个人经常私下联系——我们保持了普通异性朋友中最正常的联系频率。

那个时候他还会和我说说心里话，聊聊自己生活学习上的苦闷，无聊了给我打个电话，却只是和我说"正在吃碗面，没什么重要的事"，或者是"喝醉了打不到车"。没事了和我聊聊QQ，不说什么正事儿却也其乐融融，有时我会犯文艺病，拉着他聊聊高中生活，他也全力配合。

那个时候我知道自己要什么，太容易满足。他不和我在一起，没关系，因为我根本没追他；他不爱我，没关系，因为我深信作为朋友，我也是他很在乎的一个。不联系他是想把主动权交给他，不和他示好，不做感动他的事，时刻克制自己的所作所为是不想让他觉得愧疚。

我爱他，他又不亏欠我什么；不爱我，这也不是他的错。

所以他即使是单身我也不会去追，反而他有女友我会真心祝福。那个时候即使喜欢也可以不和他在一起，精力全都放在自己的事业和学业上，现实的理智战胜了一切。

2

是什么时候变得突然无法放下了呢？

2013年出国前夕。我们一起跨年，聊了一整个通宵，聊我高中时对他的暗恋，聊他是否也喜欢过我。我趴在一边自言自语地说了很多很多，他用胳膊环着我，强忍着困意却又无比认真地听着。认识那么多年了，我们从未那么亲密过。我感受到了从没在他身上见过的温柔的一面。快天亮了他才睡着。我仰起头看到睡梦中的他，真想直接亲下去。那一刻觉得自己其实是想和他在一起的，放弃事业，放弃梦想，都要和他在一起。

终于到了没他不行的地步。

也就那个时候，我开始追他，明目张胆地追。喜欢了他六年，第一次主动、忘我、勇敢地追他。那个时候我已经在国外，却丝毫不耽误追他的进度，甚至送了他"隔空礼物"。让闺蜜一家一家地逛超市，买了各种各样的糖果，选了十几种包装盒，每一个都拍照片发给我。我就隔着时差，隔着距离，隔着网络这么选。手写了一张卡片用手机拍下来发给国内的朋友，他们洗出来照片放在装满糖果的盒子里。他收到礼物打开盖子就可以看到我"手写"的祝福语。

几天后他收到礼物，在微信上传了几张照片给我，问我是怎么做到的。我能真真切切地感受到他的惊喜。傻瓜，我用心了，当然距离和时差都不是问题。

这种事还发生过几次，只是能感觉到他收到礼物时的惊喜越来越小，不知道是不是我的所作所为把他感动和惊喜的点一步一步提得越来越高，现在不管我做什么他都已经见怪不怪了。

明追了快一年，他终于察觉到我是来真的了，于是他不再像以前一样给我打电话，不再和我视频，不再在需要我的时候联系我了。他是怕我继续陷进去，也还渴望着能和我做朋友。

他了解我，知道怎么样对我能让我真的放下，只不过大多时候他不忍心罢了。

后期追他的时候已经做好连朋友都没得做的准备了。可是我也用了很长时间才明白，他是那么想和我做朋友，怕失去我，却又不想和我在一起。这并不矛盾，他做的这个决定无比坚决，肯定有他的想法。不管我怎么追怎么磨，他都不和我在一起；不管我怎么作怎么过分，他都一直维护着我们的友谊。

可能在感情里我们太容易得意忘形，有时候仗着对方不会怎么样为所欲为。

3

可是，到底为什么这么喜欢他呢？

有一次他问我为什么偏偏喜欢他，这世界上又不是只有他一个人了。我想也没想地回答说："因为只有一个你啊，别人都不是你。"

他低着头小声地说了句，"也对哦"。

每个人的十六岁都只有一次，能在十六岁出现，并且一直出现在我们生活里的男生并不多，而恰恰这个男生还是我们喜欢却从未在过一起的。他是他，我们的生命里再不会出现第二个哪怕和他有一点儿一样的人了。一起经历过的时光都是不可复制的，这在我们眼中太有意义了。

他是那种思想很成熟的男生，高中时给我写的小字条上就有"好好学习，现实最重要"这样的话。犯矫情的时候就会想想这句话，竟然在无数个不知所措的情况下救了自己。

一转眼我们就真的从十几岁的学生变成了需要卖命工作的大人。现在的他认真，坚定，卑微，踏实，和学生时代大不一样，可是这么多年仍然陪着我玩"感性游戏"，说他善良也好，说他无法拒绝我对他的好也好。正是因为他的得过且过，让我们得以有机会一起经历这么多值得回忆的事情。

他在这些事情里拿捏有度，不会和我开暧昧的玩笑，不会过多地关心，不会说什么文艺感性的话，更没有天冷把衣服脱下披在我身上的戏码。可他也是温柔的，我最需要他的时候他都在，他的关心总是那么地不明显，关键时刻一次也没令我失望过，一起吃饭喝酒，总会适时地把我面前的杯子拿开，把里面的酒倒在自己杯子里；出国前几天我哭得不成样子，他也会破天荒地过来抱我，拍拍我的背说哭出来就好了；破釜沉舟的日子里，他会若无其事地握住我冰冷的手给我勇气和力量。这些回忆都是不可复制的，一切梦幻都只有一次，限量又美好。

更重要的是他十分尊重我，对我的好可以让我感激一辈子。

他对我保持了该有的距离却从未远离，用他的方法维持着我们的友谊。而这之外的感情或许只是我赋予的。

感谢他做了这么多，也感谢他什么都没做。

4

生活给予了我们太多无法预料的情感和想法，感情观也在爱他人的同时不断修正。那个人让我们深信他是那个值得的人，是值得牺牲、值得盲目去追求的那个人。

当然，那个人是真实存在的，这也就意味着他也有缺点，并没有完美的人。我的他也会不理解为何我要去远方工作，也会不记得我生日……他的优点说了那么多，缺点我也可以数出一大车，所以他不是什么男神，我也足够清醒，只是因为他是他，我觉得值得，所以这么爱他，想和他在一起。

即使我们最后没在一起，至少我存在过，至少我没遗憾，至少他的衣柜里有一条我送的领带，至少那段时光他的记忆里有这么一个我，这还不够吗？

没谁能和我一样了。

追他的道路可能还会很长很长，他给我的回应可能也会越来越少，可是有什么办法，我就是那么爱这个不爱我的他。

温柔的风穿堂过

林依人和她的名字一点都不配。她一点都不依人。

她是个胖子。我认识她的时候她已经是个胖子了。

那年我十五岁，上高一。凭着男生特有的小聪明和初中不错的底子，考上了市里最好的高中，和刚刚认识的一群满身臭汗或阳光或猥琐的男生在学校里招摇过市，嘻哈打闹。按照成绩选位置，于是坐在教室的最后一排，上课的时候和几个跟我有差不多兴趣的男生打赌英语老师的胸是 C 罩杯还是 D 罩杯。通往幸福路上唯一的障碍就是班主任。

他经常会冷不丁出现在后门，从后门的猫眼偷看我们。我被怂恿去用彩色胶布封住了猫眼，班主任生气地盘查起来，几个没良心的朋友第一个就出卖了我。

班主任大发雷霆，说，你们几个混世魔王，怕你们几个影响其他同学学习，就把你们放最后一排，你们几个倒还真就王八看绿豆看对眼了是吧。下星期换位置。我亲自来排。

我的幸福生活就结束在这儿了。

几天以后，座位表被贴在黑板上，我的位置在走廊的窗子那一边，跟窗子中间隔着两个人，旁边便是教室的过道。

看到是靠近走廊那一边的位置的时候我就知道我完了，班主任会随时随地像幽灵一样出现在窗子旁边盯着你。小说看不成了，手机用不成了，小人画不成了，纸条写不成了，小抄儿也打不成了，在我本来就觉得是晴天霹雳的时候，我看到了坐在我旁边的同桌林依人，就更觉得人生无望了。

一列三个人，林依人坐在中间，她右边坐着一个每天只知道拿着本子写啊写的女生，左边就是这个上辈子作了孽才落到这个地步的可怜的我。

班上的女生大部分都很瘦，顶多也是微胖，林依人就成了班上最胖的女生。

她的脸不大，但是身上，可结结实实都是肉。她也是一个土得像刚刚从解放前走出来的女生，打扮得像一个中年妇女。头发永远扎成马尾或盘在头上，一个夏天就几件 T 恤换来换去穿，也从来没有穿过短裤，都是大地色系的休闲裤和牛仔裤，再加上运动鞋；冬天就在外面裹上棉袄或者羽绒服，更像一个球了。本来是很青春的衣服，但是被林依人穿上，可就完全是另一番模样了。

衣服永远是绷在身上，跑步的时候都迈不开步子，胸一抖一抖的，身上其他部位的肉也跟着一步一晃。

我几乎不跟她说话，即使说话也基本上都是问句。比如，老师刚刚来过没，讲的哪一页，这章已经学过了吗，等等。

她也从来不主动找我说话，倒是跟旁边的女生还蛮聊得来，有时候两个人就趴在桌子上说些悄悄话，然后两个人头靠在一起偷偷地笑。

她来得比我早，走得比我晚，甚至连下课的时候连厕所都没见她去过。这点一直是我心里的一个疑惑。

但是那个时候我没空去解开这个疑惑，也懒得理会她。

因为我的心里满满都是许言言。

许言言是特别好看的女生，不光是我觉得她好看，我觉得应该是有眼睛的人都会觉得她好看。她眼睛不大，但是一笑的时候就弯弯的亮晶晶的，鼻子也小巧，唇红齿白，还有一颗小小的虎牙，皮肤没有一点瑕疵。她留着中发，偶尔扎起来，巴掌大的小脸。只要许言言一笑，我就觉得我像是个在烈日下被炙烤的冰激凌一样，融化的同时还想着死了我也愿意啊。

我经常在看电视剧的时候把主角想象成我和许言言。

我叼着雪茄，踢开大门，用犀利的眼光看向其他的小喽啰，以迅雷不及掩耳之势开枪，结束，救出被当成人质的许言言。风在背后吹啊吹，我的大衣飘啊飘。我酷拽地一笑，搂着许言言，背后跟着我的小弟。没错，这个是《上海滩》。

在子弹飞向许言言的那一刻，我飞快地扑向她，挡在她前面，救下她的命，然后潇洒地在她的怀里离开人世。没错，这个是《中南海保镖》。

我潜入少林寺学习武功，和释小龙以及郝邵文救出被强占的许言言，在夕阳下和许言言拥吻，没错，这个是《笑林小子》。

许言言在我面前，眼含泪水，抚摸着我的脸，同时眼泪掉下来，说："李哲，我们再也回不去了。"没错，这个是《半生缘》，这个太阴柔了，而且不吉利，不要这个，啊呸。

而当我想象完，把目光撤回来的时候，看到了旁边正在做题的林依人的双下巴，顿时就觉得不寒而栗。场景还是那个场景，但是如果把主角换成林依人的话，就从偶像剧变成恐怖片了。

我摇了摇头，拿起笔乱写乱画，恍然听到有人喊我的名字，一抬头，英语老师正盯着我，"李哲，东张西望什么，说的就是你，作业呢？"

"我……忘在家里没带。"

这种招数我从念书到现在，用了很多次，原以为老师会说下次带来或者下次注意，但是英语老师说："那行，给你十分钟，回去拿吧。"

"啊？我家蛮远的。"

"你家不就住学校对面吗？上次你爸见到我还跟我打招呼，让我特别关照一下你。赶紧的，回去拿。""老师，我好像带了，我再找找。"我把桌子盖掀起来，开始慢腾腾地一本一本地翻，嘴里还自言自语，欸，去哪儿了，也不在这儿。

老师翻了我一个白眼，说那你慢慢找，下课要是还没找着我就打电话让你爸给你送来。

我猛点头，用书挡着自己，病急乱投医地问林依人："昨天的作业是什么？"

她在本子上写：情境对话。然后把本子推了过来。

"你们都交了吗？"

她点了点头，"早上就交了。课代表让你交，你在睡觉。"

我用那本书打了打自己的头，我就等死吧我。

"我这里有一份草稿，我交上去的不是这个，你要吗？"

我猛点头，"快给我！"

她拿出一个本子交给我，我把它藏到英语书下，在前面摞起高高的书，开始奋笔疾书地抄。终于在下课的时候交上了作业。英语老师也就睁一只眼闭一只眼地放了我一马。

交上了作业我就像一个刚刚炸碉堡归来的英雄一样，瘫在桌子上，换个姿势看到林依人，于是随口说了句，"谢谢啊。"

她直摇头，也没有再说话。

"哈，你连写个英语作业都打草稿啊，这么认真。"

"也不是认真，反正也没事。"

"那既然你这么闲，以后你打的草稿就给我抄一下吧。"

"哦。"

从这以后我每天来的第一件事就是拿过她的作业抄在自己的作业本上，到后来我懒到跟她说，要不你帮我做一下。

林依人面露难色想推辞，但是不知为何还是答应了下来。她自己的作业，笔迹工整，没有一个错别字或者涂改的痕迹。给我写的作业上却字迹潦草，龙飞凤舞，居然没让老师看出破绽。

有时候我心血来潮想要弄懂一个题，问她的时候，她会不厌其烦一遍一遍地给我讲。我听不懂又没耐心，听到一半就发脾气，算了不听了。她就会默默地把本子拿端正摆在自己的位置上。

林依人最好的一点是沉默。因为沉默，她不问我不想回答的问题，也不会一直跟我聊八卦。她跟我同桌，但是说过的话还不如家楼下的邻居多。她不问不该问的问题，好像也没有任何好奇心。

因此我和她同桌一年时间，对她的了解依然只是她的名字和排在中上的成绩以及好像永远都掉不下来的体重。

而在这一年的时间里，我对许言言的了解可就突飞猛进了。

许言言爱笑。许言言一到下课就跟朋友们成群结队地去上厕所或者去阳台上透气。许言言的爸爸是个公务员。许言言最喜欢吃的就是萝卜炖牛腩，最讨厌吃的就是豆腐。许言言可一点都不爱粉色。许言言有许多的发卡，每天换着戴。许言言的成绩不好但是也没关系，反正她的梦想是当个演员——演员不需要成绩好，许言言小时候一直都是短头发。许言言爱看书。许言言老爱看些我不喜欢的节奏慢得不行的老电影。许言言一哭起来也漂亮得不得了。许言言最迷恋的明星是林俊杰。许言言还有个上大学的青梅竹马。

假期的时候，我骑着车，穿过这个城市的大街小巷，来到许言言的楼下，盯着她阳台上的小花和乱七八糟的植物，想象着许言言给它们浇水的场景，有时候能呆好几个小时，太阳把头皮都晒疼了。

我经常在晚上去许言言爸妈常去打牌的茶馆，等很久很久，偶尔会碰到独自出来的许言言，我就骑着车在她面前紧急刹车，说，许言言你怎么在这儿啊，好巧。

许言言的生日，我在网上看好时间，坐了十几个小时的火车去另外一个城市赶林俊杰的签售会，排了好久的队，然后轮到我的时候我大叫，写上亲爱的许言言，一定要写。她的偶像看了我一眼，笑了一下，画了一个爱心，非常快速地写了。我还没来得及看出那是什么字，就被后面的粉丝推走了。后来经过我的仔细辨认，发现那几个字是: 徐艳艳。我呸, 我的许言言才不会有那么俗气的名字呢。我在课上看的时候, 林依人盯着它, 于是我随手扔给了她, 说喜欢就送给你了。

我忍着瞌睡, 仔细看完了许言言说喜欢的那些电影——我一部也不喜欢。可是看完之后就觉得自己知识渊博了——这样许言言跟我聊电影的时候我就不会没有话讲。

我把许言言的每张照片都存起来, 翻了许多在她空间留言的人的相册, 找到关于许言言从前的点点滴滴, 宝藏一样锁在电脑里。

打球的时候如果许言言坐在观众席上, 我比任何时候都拼命, 带着球横冲直撞。我什么阻碍都看不见, 我只能看见眼睛跟着球在转的许言言。

自从我知道了许言言喜欢成绩好的男生之后, 我每天都预习第二天要讲的内容, 不厌其烦地骚扰林依人让她给我讲题, 只为了有一天考得很好的时候, 许言言向我投来笑眼。

我也想过表白, 但是当我看着许言言亮晶晶的眼睛的时候, 我就紧张得说不出来话了。很少碰到让我紧张的事, 可是许言言总能, 要是追根究底的话, 大概是许言言的眼睛太漂亮, 漂亮得让人觉得在她面前永远一无所有, 永远两手空空。

一天下课, 许言言跟旁边的同学翻一本杂志看, 不知不觉我就看呆了, 转过去发现林依人正在看我, 我忙解释: "我没在看她。

我在看她的发卡。真好看。"

许言言别了一个淡蓝色的发卡,是 X 的形状,在耳朵旁边。

林依人点头:"嗯,是好看。"

我没了话接,低下头来玩手机。过了一会儿,林依人用胳膊肘拐我,我急忙收起手机,端正假装看书,直到班主任走。

我突然没头没脑地跟林依人说:"我喜欢她。"

"嗯。"林依人点了一下头。

"下节什么课?"

"数学。"

"好烦,下下节呢?"

"体育。"

"靠,又是体育,还是学交谊舞吗?"

"嗯。"

"我他妈的真是想不通了,那个体育老师脑子里有屎吧?你们女生学跳舞就算了,凭什么让我们也一起啊?我都逃一节了怎么还没学完?我现在最他妈讨厌体育课了。"

"我也很讨厌。"

学交谊舞先是自由分组。我本来想邀请许言言跟我一组,但是在我还没想好措辞的时候,许言言已经和另一个男生牵着手开始练习了。我随便邀请了一个女生。最后剩下林依人和一个男生。

那个男生喊："老师，我不跟她一组。她那么胖，影响我发挥。"

所有人的眼光都投过来，包括许言言。林依人站在原地，低着头手足无措，一句话都没有讲。

"她又没招你惹你，你说话干吗那么难听呢！我跟你换。"我不知道为何说出了这句非常具有男子气概的话。

林依人看着我，眼睛里的泪水越蓄越多。她急忙看向别处，把手交到了我手里。

其实我也很不想跟她一组，但是我至今都说不清楚当时逞能的原因。

我非常不耐烦地做出搂着她的腰的姿势，却还是跟她保持距离，无奈她体积太庞大，我的手根本伸不到那么长，所有跟别人轻松完成的优美动作，跟笨拙的林依人一起，就成了笑料。她满脸歉意地看着我。练习动作，明明是我动作不规范，她却拼命跟我道歉，小声说着"对不起"。

大家都停下来看着我们这一组，有的起哄，有的偷笑，有的看热闹。

我心里不痛快，于是故意摔倒，装作扭伤，剩下的半节课，便和林依人坐在旁边休息。

我看着许言言和别的男生手牵着手练习，心里涌起一阵难过和不快，转移注意力问旁边的林依人："你现在有没有特别想做的事？"

"谢谢。"

"啊？不客气啦。我在问你有没有特别想做的事。我现在特别想揍人。"我盯着搂着许言言跟许言言四目相对笑得正开心的那个男生。

"有啊，就是跟你说谢谢。"

"那有没有特别想得到的。"

"没有。"她想了想，摇头说。

"怎么会没有呢？没有喜欢的人吗？没有想要的东西吗？没有想实现的愿望吗？活得真无趣啊！"

"有的东西看看就好了啊。不一定要得到的。"

"扯淡。"

"真的。我觉得，有些东西太美好，就不该属于我。"

"梦想这种事情呢，你就把它定高一点，反正你也不知道会不会实现，就定得大一点，实不实现都以后再说——算了，我打赌你的梦想一定很无趣。"

"我想做个老师。"

"得了吧，这又不是小学作文。"

"我真的想做个老师。"

我暗自摇了摇头，林依人啊林依人，的确是不能跟许言言比，连梦想都这么无聊黯淡。

文理科分班前夕，我害怕许言言分到了别的班，跟我的距离更远了，于是我决定跟许言言表白。

我在上课的时候翻遍了所有我能想到的言情书，东拼西凑，再加上自己匮乏的语言，开始写情书给许言言。

林依人用胳膊肘碰了我一下，我立马用书把情书遮起来，假装聚精会神地做物理题，嘴里还念念有词，趁着老师转身的当口，把情书匆匆忙忙地折了一下，塞进校服口袋。

不出所料，从那次体育课以后，林依人就经常缺席体育课。

当我打完篮球大汗淋漓地从操场回来的时候，看到只有几个人的教室里，林依人以一种很怪异的姿势坐着。

"有纸吗？"我问。

她歪着身子，只坐了凳子的一半，打开书桌，半遮半掩地掏纸巾。从书包的缝隙里，我瞥到了一个粉红色的包装袋，我突然就明白了林依人这么坐的原因可能是因为生理期。

我接过纸擦汗，问："干吗还不回去？他们上完体育课就直接回去了。"

林依人说："晚点再走。"

我点点头，把校服拉链一拉，篮球往桌子底下一放，就从后面走出教室。

下午的教室没有开灯，林依人的背影看着依旧姿势扭曲。我看着她的背影，又折了回去，把校服扔给她："我家停水了，帮我洗洗吧。"

林依人一脸惊讶，还没反应过来。

我牵过衣角闻了闻："不要因为衣服上的男人味爱上我啊，我要求可是很高的。快点去吃饭吧。"

我转身离去，顿时在心里遗憾，刚刚是没有摄像机在拍，要是有摄像机的话，我分分钟是电视剧男主角啊。英俊、潇洒、帅气，还体贴。

过了几天，林依人递了一个纸袋给我。

我打开一看，是我的校服，被折得工工整整。

林依人满脸歉意地拿出一个皱巴巴的纸团，说："这个，我洗完才发现，对不起啊。"

我通过背面被水浸湿的印记，隐隐约约看见几个字，顿时明白了这是当时被我写废的情书。

我说："既然觉得抱歉那就重新给我写一份呗。"

"可是，我没看过，我不知道内容。"

"情书会写不？"

林依人摇了摇头。

我说："没关系，你就当是给你喜欢的人写。不要出现性别就好了。后面的我再看着办。"

我正在研究试卷上的红叉的时候，林依人推过来一个信封。淡绿色的花纹。我大喜，拆开一看，这感天动地的文采加上我这个帅得惨绝人寰的长相，许言言还不非我莫属？！我在心里仰天长啸。

我躲在被子里，借着手机的光，看着那封情书，一个字一个字地编辑，然后发送给了许言言。

接下来就是漫长又煎熬的等待。我联想了很多种回复：如果拒绝的话，我应该怎么说；如果答应的话，我接下来要带许言言去哪里约会。

我把手机屏幕按亮了一次又一次，但是却没有收到任何回复。

许言言没有理我。

第二天我没去上学，装病赖在床上说自己要死了，谁都懒得理。实际上我也觉得我真的快要死了。手机滴滴地响，我急忙从枕头下掏出手机，却立马失望了——是林依人发来的。她问，老师现在要收分科的志愿书了，你的交了没？我回她，你帮我写一张，我选理。

我决心去找许言言。

我在许言言家的楼下等着，调整自己的呼吸，一遍一遍地想象用哪种语气跟许言言说话比较好。

"嗨！许言言，又见面了。"

"许言言，不知道能否赏脸给点时间聊一下。"

"你收到我的短信了吗？"

......

我坐在自行车座上，忐忑不安地望着远处。

许言言出现了。但是旁边还有一个男生，我不认识。两个人抱着书并肩走着。许言言走进楼道，又转过身，快速地在男生脸上亲了一下，才跑进去。

我愣在原地，觉得世界都静止了。反应过来后的第一件事就是骑着车逃离这个地方。我一手把着水龙头，一手抹着根本就擦不干净的眼泪。那一天，我觉得生命里所有的难过和挫折都来了我这里。

由于快分科考试了，班上的气氛很紧张。我却浑浑噩噩地发了一上午的呆。满脑子都是许言言在那个男生脸上留下吻的场景。林依人把习题本推过来，说："上次你问的那个题，我找到了一种更简便的方法。"

我把书往桌子上一摔，转过头趴在桌子上，"我不想听。你别烦我。"林依人没有再说话，但是我依然能在我的后背上感觉到她的目光。我更加不耐烦，转过身冲她大声说，"你以后别烦我行不行？谁稀罕你给我讲题啊！你以为所有人都跟你一样要考第一啊！你做你的好学生你管我干吗！我成绩好不好跟你关系大吗？"

林依人看着我，眼神里写满了失望，她说："你别这样。"

"那你想我怎么样啊？你以为你帮了我几次你就能对我指手画脚了吗？你以为你是我同桌你就够了解我吗？别高看自己好不好？

你以为你谁啊！轮得到你对我发号施令吗？"

林依人把习题本收回去，抿了抿嘴，转过来看我，语气平静："我只是想告诉你，如果你一无所长，脑子里什么东西都没有，你以后还会碰到无数个许言言，但是你一个都抓不住。"

我愣在原地，像是闷生生地吃了一拳，一句反驳的话都说不出来。

我没想过一向沉默的林依人会顶撞我，也没想过她会如此否定我。虽然她说的是我并不想承认的事实。但是细想，对我抱有希望并且耐烦的，也就林依人一个。

世界上有那么多人，这么对我的，偏偏不是许言言。她像一把刀子，我用她来搅动我的心。虽然痛但是却乐此不疲。

年少的战争总是短暂而可笑的，因为这次争吵，我和林依人一个多月没有说话，一直持续到新学期的开始。

许言言选了文，去了别的班。我和林依人选了理科，还是同桌。

她依然温柔沉默，不厌其烦地给我讲同一道题。

难得碰到停电的晚上，全班点起蜡烛自习。我趴在桌子上，林依人专心地给我讲现在完成时和过去完成时的区别。她依旧是那个很土很土的女生，一年过去了，好像稍微瘦了一点，又好像没瘦，看不大出来，但是我头一次在烛光下看着她。她的整张脸都映在橘黄色的烛光里，格外温柔。我第一次觉得，原来林依人也是很好看的。

分科后第一个学期，许言言又换了男朋友。对象不是她的青梅竹马，而是另外一个班的学习委员。我听说这个消息，又沉默了好几天。走在斑驳的树影下，想起关于许言言的点点滴滴，把眼泪抹干净，不知不觉走到了许言言的班级外，看到她听着歌，利用课间的十分钟，跟那个男生在阳台上说着话。

到这儿，我才觉得，我为期两年的暗恋，终于结束了。

因为就算再次选择，她也没有选择我。

从此我的目标便变成了大学。因为我一心认为上了大学就能摆脱父母唠叨，摆脱作业，有大把大把时间玩游戏，有大把大把时间泡妞，而且有大把大把妞等着我泡。可能还有比许言言还漂亮的。

我开始认真地跟着林依人学习，每天晚上看书看到很晚，第二天早上踏着铃声走进教室，林依人已经在我的书桌里放了早餐。有同学议论，拿我跟林依人的关系开玩笑，她不回应，我也不多做解释，自然也就不了了之。我对林依人的了解依旧不多，她也很少谈及自己，我怕触及她不想碰触的地方，于是也没有多问。

以后的高中生活，也就如此。

在"大学"这个词的动力下，原来以为漫长的高中生涯，比我想象中更快地结束了。

最后一次班会，班主任说着加油的口号，说，你们要相信自己，不管你们发挥得好还是不好，只要你们尽力了，就是我们高三（14）班的骄傲。离别在即，我突然觉得班主任居高临下的姿态，也没那么讨厌了。

班会结束以后男生留下来布置考场，清理所有课桌里的东西。

我把林依人的桌子搬离留出过道。在放下桌子的时候，看到了原来放了一摞厚厚的书的位置，现在空空荡荡，只有一排整整齐齐的——我的名字。

高考结束后的散伙饭上，林依人微笑着看大家开着玩笑，抱头痛哭……她坐在角落，没有喝一杯酒，也没有抱任何一个人。

隔壁桌是许言言他们班。许言言被起哄和男朋友喝交杯酒，笑声和闹声交织成一片。我的脑子也一片空白，只是一杯一杯地灌酒喝。

我说："来拍张照片吧。"

于是我举起相机框下了所有的笑脸。

大家要散的时候，我说："等等，再来一张。"

我把镜头对准了林依人一个人。她在镜头里，对着我温柔地笑。

大家都喝得有点晕了，林依人还清醒着。她一辆一辆地在路边打车，扶着同学上出租车，跟司机仔细交代。我蹲在树下，看着林依人的影子，胖胖的，立在路边，伸出一只手打车，突然有热泪往外涌。我也不知道我哭什么。

最后林依人扶我上车，准确地跟司机说了我家小区的名字。到了楼下，我坐在椅子上，林依人在我旁边，不知道该来扶我还是站着。

我说："林依人我能问你个问题吗？"

她说："嗯。"

我问："你为什么从来没去上过厕所啊？"

她有点害羞，笑了笑然后说："因为我太胖了，别人出去一趟你都不需要挪椅子，我出去的话，你不光要挪椅子，还要起来给我让出位置，我才能出得去，所以我不去。"

我笑："都跟我同桌三年了，这么客气干吗。"

跟我同桌三年的林依人，知道我爱吃什么的林依人，把早餐买到教室里来给我吃的林依人，从来不问我为什么的林依人，答应我一切无理要求的林依人，占据了我大半个青春的林依人，偷偷在桌子里刻上了我名字的林依人，喜欢了我三年却从来没有跟我提过半个字的林依人……

"我还要再问你一个问题。有奖励。"我说。

"嗯。"

"喜欢一个人的话，应该告诉她吗？"

"如果她也喜欢你，就告诉。如果她不会喜欢你，就一辈子都不要讲。"

"那如果是你很喜欢很喜欢的呢？"

林依人思考了一下："嗯，我小时候，有个洋娃娃，特别漂亮。我每天都带着她出去玩，睡觉也要抱着才能睡着。有一天，楼下的小姑娘问我，能不能给她玩一会儿。那个小女孩儿又干净又甜美，我就把洋娃娃给她玩了，再也没有要回来，我觉得跟她才配。美好的东西，要配美好的人才对。这个道理，我小时候就懂了。"

　　我点头："嗯，这个奖励给你。哈哈。看你的记性。我布置考场的时候捡到的。"我把手伸进口袋，拿出来，然后摊开手，手心里安静地躺着一个发卡，淡蓝色的 X 的形状——我当初称赞许言言头上的那个，一模一样的发夹。

　　我把手握住，再摊开，"而且，我想告诉你，你配得上。"

　　她接过去，说道："谢谢。"

　　我和林依人去了不同的城市。念完大学以后，我去了一个更大的城市发展。

　　同学聚会，我搜寻了一圈，没看到林依人。

　　却看到了许言言。我和许言言已经多年未见。她很早就嫁人了。她还是当年那么漂亮，我倒了一杯酒给她："你好歹拒绝一下我让我彻底死心啊。"

　　她问："什么拒绝？"

　　我说："我给你发的告白短信啊。哈哈。我在被子里编辑了好久，结果你一个标点符号都没回我。"

她一脸诧异："告白短信？我没收到啊。我还说你怎么后来都不来找我了。"

我愣了一下："原来没收到啊。"

她认真地点了一下头。

林依人没来。她很少用社交网站，不传自己的照片，不写心得，也没有微博。可是我知道她已经瘦了好多，变成了真正的依人，做了英语老师——在当初我们念书的那所学校。他们说，她碰巧赶上参加教研会所以来不了。

我不停询问，林依人真的不来了吗？大家调侃，看林依人没来你失望得那样，果真年轻时候的恋情才是最珍贵的。

我从没喜欢过林依人，而在我的青春里，到处都是林依人。

晚上回家以后，我翻箱倒柜找出了当初林依人替我写的那封情书。

我不想说从第一次见你就喜欢这么俗气的话，尽管这是事实。

我不想说想照顾你与你度过余生这么虚假的话，尽管这是事实。

我不想说我真诚地爱着你胜过我自己这么自大的话，尽管这也是事实。

我只是想在此时此刻告诉你，我不嫉妒你爱的人，我不奢求不会发生的结果，我不拒绝你的任何一个请求，我甚至不想告诉你我爱你——如果我不能成为让你欢笑的那个人。

我不愿成为炙烤的烈日，不愿成为夏天的暴雨，我只愿成为，一阵穿堂而过的最温柔的风。

我不想做骄傲昂贵的金骏眉，我也不想成为凉爽透顶的雪碧，我只愿成为静静等待你的那杯温热的白水。

你站在桥上看风景，看风景人在楼上看你。我不愿成为那风景，也不会成为那人，我只愿成为，支撑起你的那座桥。

Chapter

4

最后，我们没有在一起

那一刻你没出现，就真的不用再出现了

／ 小岩井 ／

　　常有这样的时刻，突然在某一瞬间极其想念一个人，迫不及待地打电话给对方，对方可能正在忙，可能处于低落中，淡淡说句"现在有事，稍后打给你"，就挂了。当对方隔了一些时间再打给你的时候，你心里那瞬间的激动和情感却突然消失殆尽，只剩下疏远的寒暄客套。

　　而如果那一刻对方及时回应了，两人相谈甚欢，忆往昔峥嵘岁月，泪流满面，不经意间可能就重新拾回了一份友谊或者错过的感情。

　　然而这一切，往往都是一瞬间的事，错过了那一刻，就真的再也不会出现了。人世间的很多感情，也是如此。

1

前段时间在朋友推荐下，我下载了一个叫"100种愚蠢的死法"的游戏，玩得不亦乐乎。有点恶趣味——每一关都是想办法怎么让小人出意外愚蠢地死去——但玩得兴致勃勃。玩着玩着直到玩到有一关是小人站在一棵大树下，上面在劈闪电，等待闪电劈中大树倒下砸死小人，卡住了。

我按了半天总是失败，耐心慢慢被消磨，但是为了进入下一关不断重新开始不断等，最后等到沉沉睡去。第二天起来打开游戏，一下就成功通关了，可是不知为什么，我却再也提不起昨晚那种高昂的兴致了，随意玩了两关就百无聊赖地删除了……

这样的例子在生活中不胜枚举：计划好的旅行因为种种原因延期，等到好不容易人和时间都凑齐了，却失去了旅行的兴致；想看一本书怎么也找不到，等它无意出现时你早已失去了看书的耐心和兴趣；伤口出血的时候怎么也找不到OK绷，等OK绷买来的时候伤口却已经自我愈合。

伤心的时候只想要一个简单的安慰，没出现，等那安慰姗姗来迟，情深意长却已经只剩冷漠。

想必每个独立生活的现代人，都有过最脆弱的时刻想依靠谁却谁也没出现过的经历。人是怎么变坚强的？无非是知道一切都不会如你意即时出现，最终形影不离的，也只有你自己。

心情就是那么容易被改变，所以我常说千金难得赤子之心。我们通常很难保持对事物最初的心情，只能不自觉地被情绪左右，要么冲动，要么拖延，总错过了相遇最合适的时间。

2

什么叫多余？多余就是夏天的棉袄，冬天的蒲扇，还有等我心凉以后你的殷勤……（李碧华《青黛》）

这是个颇为伤感的故事。

大谷是我留日时候的第三任室友，美术专业，热血白痴，高大威猛却自认没有女人缘。可事实上他女人缘很好。

大谷很有才华，我看过他的很多作品，绝对是一流水准，有时候去他房间看他一脸苦大仇深地细心雕琢自己画作，慢慢呈现出一个色彩斑斓的绚丽世界的过程，真心觉得认真有才华的男人确实有魅力。

有个长得日系的短发御姐经常来找大谷，名字中有个萤，就叫她萤姐吧。

萤姐总是很酷，常是一身黑夹克，霸气朋克风装扮，在国内的时候还玩过地下乐队。

两人很有话题，特别合拍，有时候看他们笑得像白痴一样都不明白笑点在哪。经常看到两个人一起蹲在榻榻米上喝着啤酒抽着烟，一起看着重口味恐怖片一边吐槽扯淡，不时异口同声地仰天大笑——笑得比恐怖片惊悚多了。

甚至有时候回到宿舍，两个人已经做了一桌菜喝着清酒一脸醉意地招呼我。恍惚间我还以为我闯进别人家里了……

我以为他们迟早是一对的，但是大谷却一直都说把她当兄弟。我就知道，这事不会好了。

因为两人都是在读语言学校，大谷想考东京的艺术大学，萤姐想去的是京都。大谷跟我说，有些事情，注定是没有结果的，所以还是不要开始的好。我不置可否，一声叹息。

后来萤姐考上了京都的学校，临行前一天晚上举行了送别会，结束后大谷送她回去，喝高了的萤姐拉着大谷的衣领问他："说，你来不来京都找我？"

大谷只能弱弱道："我去京都玩的时候一定会找你的……"

"玩你大爷啊！我要你跟我一起去！你到底什么意思？你是男人呀！好吧，你不说，那我说，我喜欢你，我想跟你在一起——你给个痛快吧！"

大谷平时挺 man 的一个人，这时候却说不出话来，只能扶着萤姐说："你醉了，你醉了……我现在答应你容易，可以后的事谁也说不准啊……"

送到萤姐家后，萤姐只是止不住地一边哭一边在榻榻米上打滚耍无赖。大谷只能无奈地陪伴安慰，直到萤姐主动抱住了他，世界安静了。那晚大谷没有回来……

那之后大谷变得特别沉默，每次回到住处都看到他面无表情地作画写论文，一个月不到，已经作出了一册很有质量的画集，画家真是怪物……他也会不时问我一些申请学校的事，他告诉我，他决定了，要去京都。

我很高兴，问他告诉萤姐了没。他笑笑说："没，想给她一个惊喜。我想明白了，这么合拍的女人，也许以后一辈子都难遇见了。错过了，可惜。"

我有点担心："那你要告诉她啊！你当初那么不给面子拒绝了她，凭什么觉得她还会等你呢？"

大谷乐观地笑笑："是我的，总是我的，逃不掉，抢不走。"
看着他畅想明天明亮发光的脑补眼神，我就觉得这事不会好了。

三个月后，大谷申请到了京都精华大学，一所以美术动漫专业著名的私立大学，很不错。出发前一夜在居酒屋，大谷不无煽情地跟我说了一句俗到爆的话："都说人这一生，至少要有一次奋不顾身的爱情和一次说走就走的旅行，你说我这次是不是全齐活了。哈哈。"

然后拿出一本小册子打开给我看，是动漫化的萤姐，很有味道很漂亮。

我衷心祝福道："祝你马到成功！"

之后的故事是这样的，到了京都后的大谷，给萤姐打电话，一路聊着一路前往萤姐的学校（大谷有萤姐的住址），径直到了对方楼下坐在楼梯口一边抽烟一边想着怎么给对方惊喜。这时楼下走上去一个年轻男人。一会儿，大谷在电话中听到有男人叫萤的声音。萤不好意思道："不好意思大谷，我朋友来叫我了。我先挂了哦，改天再聊。"

大谷突然呆住了，苦笑道："不会是男朋友吧？"对方半晌不语，男人的声音更大了，"萤，萤，开门啊！"

"嗯……"

当那个男人搂着萤姐的肩膀笑嘻嘻地下楼时，躲在不远处角落的大谷脑海里空空荡荡的，仿佛被棒球直线击中一般嗡嗡作响……

他坐在萤姐学校操场的长椅上，看着学校来来往往欢声笑语的学生们，想着如果当初坚定地给她一个承诺，两人是否现在已经牵着手漫步校园？而如今，除了手中的烟蒂，只有京都秋叶萧瑟的寒风相随……这落寞的感觉，真适合做阿杜的《他一定很爱你》的MV。

当大谷苦笑着告诉我"生活太狗血，女人真善变"的时候我火了。我沉声告诉他："她没有义务等你！她给过你一次机会，你自己没珍惜。不是每个人都是至尊宝，说一次'爱你一万年'就可以重新开始。如果你有种，就把她追回来；如果你想放弃，那就彻底走远。她离开的那天你没有出现，你就在她生命中消失了。生活没有那么多此志不渝，何况人家不欠你的啊？"

大谷叹着气，喃喃着："哎，是我自己没珍惜。"

那之后不久我就回国了。今年五一出差去京都找了大谷喝酒，他现在每天忙于学业，生活很充实。说起萤姐的事，他笑着说如今已经放下了，好久不联系了，即使来电话，也不知道说什么了，你说奇怪不奇怪，曾经无话不说的两个人，一下子变得找不到话说，尴尬得沉默……

我忽然觉得人活得累，活得充满遗憾与悔恨，往往总是错在把错误的希望寄托在以后，总以为以后会有很多时间和机会，去补偿当下的错失和渴望，而明明很多东西，当下就可以把握。

尤其是感情，炽烈的感情本来就像一团火一般扑面而来，可你怕了，你一闪再闪，一灭再灭，直到火灭了，空留灰烬，你觉得凉了冷了空虚寂寞了，这时候对着一片灰烬再想点燃又有何用？

3

《圣经·传道书》第三章说：世间万物皆有定时，生有时，死有时，悲恸有时，跳舞有时，花开有时，凋零有时。

第一次看，颇有宿命论的感觉，但现在思量，这章无非是想告诉世人，人间万物瞬息万变，悲喜无常，却也总有那最合适的因缘和时机；花开也自有凋零时，花开堪折直须折，莫待无花空折枝啊！

生命中那些最美好的东西，都是转瞬即逝的，春之落樱，夏之花火，秋之红枫，冬之飞雪，错过了那个时刻，就永远不是那个味道。

我们所能把握的当下，太有限，切莫把无谓的希望寄托于变化的明天，而遗忘当下的唯一。

小时候很想要一套恐龙战队玩具，曾经哭着闹着求父亲买，但没有成功，一直铭记在心。等到自己进入社会赚钱了，一次想起来，网购了这套玩具回来。等我拆开玩具，看着这套幼稚的人偶，心中除了觉得莫名的好笑外，再也找不回来年少时捧着战士们激动雀跃的心情。

曾经青春期苦苦暗恋的马尾少女，错过了最青涩的告白时刻，时过多年在酒桌上谈笑间说起，女生已是女人，她只是随意，给你巧笑嫣然。你知道你错过了什么，错过了她最纯真时代遇到告白难为情地羞红了脸，错过留在她青春记忆最好的瞬间，也错过了一生只有一次的美好画面。

人生就是这样，错过了就再也回不来了，你再想找回来当初的感觉，又有什么意义呢？

最渴望的时候没出现，一切都已过去。

对我人生观影响很大的有两个故事，其中一个故事就是《世说新语》中王徽之雪夜兴起，泛舟而上，访戴逵的故事。潇洒人生，当即如是！

在我成长的过程，每逢有一个想法像火焰一般炙烤着我时，我都会忍不住想起这个故事，把握今天，涌起勇气，因为这一刻不会再有，你把它熄灭了，一次又一次，你就终于成了自己也看不起的人。

今天只有一次，今天应该不同于每一天，总有人以为明天也会跟今天一样，或者明天应该和今天一样，所以他活了许多万天，却总感觉像一直活在同一天一般无趣。

今天我看完《了不起的盖茨比》，翻到最后一页，久久停留在那句话上：

"盖茨比信奉这盏绿灯，这个一年年在我们眼前渐渐远去的极乐的未来。它从前逃脱了我们的追求，不过那没关系——明天我们跑得更快一点，把胳膊伸得更远一点……总有一天……于是我们继续奋力向前，逆水行舟，被不断地向后推，被推入过去。"

就像盖茨比苦苦追求已经不是当初青涩少女的黛丝，以为一切还能回到过去。其实我好想告诉他，亲爱的盖茨比，感情就是这么残酷，那一刻你没出现，就真的不用再出现了。

最后，我们没有在一起

小岩井

也许是大团圆的结局看多了，那些最终遗憾分开或悲伤结尾的电影、小说反而印象更为深刻。

我们身边有好多无疾而终的感情，看着那些猜不到剧情的走向，觉得人生真是如戏，剧本却是断断续续。

1

苹果姑娘和刘小黑在日本留学时相识，不痛不痒的学长学妹关系维持了半年。直到一次苹果生日，小黑哥不胜酒力醉后表现得非常可爱，与平时大相径庭，真心话大冒险的游戏中说出的秘密和往事也令人唏嘘感动。苹果就这么爱上了小黑，在朋友的鼓动下**他俩**很快在一起了。

两个简单快乐的人，一起自修一起打工，他们不住在一起，但经常串门。她做饭他洗碗，他陪她看美剧，她陪他玩游戏。有次去苹果家吃饭，苹果做菜小黑张罗，俨然一个小家庭氛围。忙碌时，小黑在背后轻轻撩起苹果鬓角的发丝，相视而笑。令我们大呼看到他们马上有谈恋爱的冲动。

这样的小日子过了一年，苹果在家里安排下去了美国加州读书，小黑也考入了当地的大学。

两人在各自的世界努力，时而能在朋友圈里看到小黑去美国，苹果来日本，晒着幸福的合照。

我的日子在碌碌中翻过，转眼又是一年。某个深夜爬起来看朋友圈。苹果和小黑同时发了一条信息："最后，我们没有在一起，我依然祝福你。"配图是那年夏天晚上两人猜酒拳的时候灿烂的笑颜。

我微信问小黑："为什么分手了？"

小黑淡淡地说："成长的步伐和环境不同了，我们没有在一起了，但我依然喜欢她。我们没有在一起，也并非不好的结局。"

而苹果那边，也非常释然。他们之间没有对错冷淡，只有对未来的期冀与负责，对对方的尊重与祝福。

两个简单知足的人，爱来了干脆明白地相爱，爱远了清楚真诚地分开。真是值得敬佩。

分手后，依然是朋友。也许，未来还有各种可能。我希望他们的爱情剧本没有完。

"如果说不难过，那肯定是假的，"小黑说，"但许诺不了未来的甜言蜜语，我说不出来。我能做的，就是为这份美好的感情更加努力，以更好的姿态迎接未来的可能。"

关于爱的回忆里，没有悲伤，悔恨，不甘。

这样的爱情，不需要遗忘，也没有遗憾，有的只是可供一生汲取的温暖，以及走下去的勇气。

真正的爱里，没有遗憾。

2

我曾有段异国恋，对方是个活泼的日本女孩。

和她相处的每一刻都是快乐的，但我却有发自灵魂的清醒自知，明知道结果却依然想走下去。

这种爱，就像燃放花火，一瞬绽放，便无所踪。短暂而绚烂。

我认识她的时候，已经决定回国，甚至办好相关手续。谁知一场不期而至的旅行却带给我最不舍的回忆与留恋。

真的有些人会让你相信人是有上辈子的，不然为何一相见就可以自然而然跳过试探、了解、熟悉的交际程序直接成为那个直达灵魂的亲密之人。

假期结束后，她要远走追梦，我要回乡打拼。

虽然我们有无数次想留住对方的冲动，也曾臆想过婚后的生活，但心中还是清醒地明白，相忘于江湖，才是最好的安排。

每个人都期待早点遇到真爱，只可惜我们都告别了幼稚、冲动的爱。

最后，我们还是没有在一起。

当我把故事写在网上的时候，网友都为我可惜和祝福，但我不遗憾。

有些人太美好，有些事太纯粹。就像爱上一座山，恋上一片海，那宽广而深邃的爱，长忆长在。可是你能拥有一座山一片海吗？

留住心爱的人，不一定能留住心爱的感觉。

当世事跟你微笑着开了玩笑，你应该深深鞠躬，表达感谢，留给世界一个背影，你走你的，与它且歌且行。

不再贪恋一时的欢愉，我们可耻地长大。

3

在学习晏殊的诗词时，看到一句"相见争如不见，有情何似无情"，顿觉心被揪了一下。一查之下，出自宋代司马光的《西江月》，全文是：宝髻松松挽就，铅华淡淡妆成。青烟翠雾罩轻盈，飞絮游丝无定。相见争如不见，有情何似无情。笙歌散后酒初醒，深院月斜人静。

总有些词句，一下冲进你心里。

与每个人的缘分，每一段珍贵的感情，都有它的意义，在心中埋下种子，伴随我们悄无声息走下去，待到灵魂春暖花开，怦然绽放……

当你需要一个拥抱，而有人提供了这个拥抱，这是因缘果报，当存善念感怀于心。

佛说一切无常，不要贪恋，应无所住，而生其心。

我们喜欢上一个人，生出欢喜心，这本身已是莫大的福报与得到，若一味只想着得到，便成了痴念。

这痴念久积不去，便着了魔。社会新闻屡见"分手之后执念不放，最后情杀爱人自我了断"的悲剧。唉……世间多少痴儿女，不懂爱却偏要爱，自私地想要天长地久。

人一生不断生执着心，不断为执着活，而最后又不断学着放下执着。

佛经翻译众生为有情众生。从人认识情字那天开始，一生都为情字绕。

我们都会孤独地走一条很长的人生路，在这个转角你遇到一个人，你们相互陪伴着，往前行。在下一个分岔路口你们却去往不同的方向。不用太悲伤，带着Ta给你的记忆继续往前，没有人会陪我们走完所有路，人总会孤独，但是那些记忆里的温暖、那些点点滴滴的爱会始终陪伴。

把最好的祭奠留在回忆里。

不来相而来，不见相而见。 （《维摩诘经》）

你以为是全心付出让你输掉了爱情，

其实你输在你以为

"人把自己的生活搞得迷雾重重，就是因为逻辑太差。"

很多时候，我们以为是生活出了问题，其实是生活的逻辑出了问题而已。就像这些随处可见的痛诉："他是一个好男人，他不抽烟不喝酒不泡吧，几乎没任何不良嗜好，姑娘眼瞎了，不选他这样的好男人。"

对于这种逻辑硬伤，有人说："'不抽烟不喝酒不泡吧几乎没任何不良嗜好'固然是好男人，但这不是好男人的唯一标准，只能说针对喜欢这类男人的姑娘而言，你是好男人而已。在其他的姑娘眼里，也许幽默才是好男人，也许有担当才是好男人，也许阳具大才是好男人，等等。于是，虽然你'不抽烟不喝酒不泡吧几乎没任何不良嗜好',但你不幽默,没担当,阳具也不大,你在她们眼里就不够好男人的标准。所以你不能怪姑娘眼瞎了,只能说你碰到的姑娘都不认为你是她们需要的那类好男人。"

不仅是男人,女人也有很多逻辑硬伤,比如我们总是听到类似的感叹:"那段感情,我输就输在全心全意地付出,毫无保留地去爱。"

这句话的背后,不外乎两种情况。

第一种:你以为自己全心全意地付出了,事实并非如此。

人对自己的认知,总是有偏差的,只不过有些人的偏差大一些,有些人的偏差小一些。不止一个号称自己"全心全意付出了"的姑娘跟我抱怨:他好自私,从来不考虑我的感受,一点小事就跟我吵,太没耐心了巴拉巴拉巴拉巴拉……然后吐槽一些对方如何自私,如何没耐心的例子。往往在这些例子中,抱怨者本身也根本没考虑过对方的感受,也是一点小事就抓住不放。

亲爱的,那不是全心全意地付出,而是全心全意地添堵。

当我们想指责自己的对象时,还是好好想一想吧。很多时候,我们指责对方的问题,其实正好是自己身上的问题。

第二种:你以为自己全心全意地付出了,事实也确实如此。

好吧,你全心为这个男人付出了,最后他还是离开了你。

所以你就得出结论:他离开你是因为你的全心付出?

让我们把同样的逻辑,放到最开始那个例子。

一个男人不抽烟不喝酒,但女朋友还是离开了。

所以她离开他是因为他不抽烟不喝酒？

这样的结论有多搞笑，你的那个结论就有多搞笑。

这个世上没有人会单单因为你的"全心全意地付出，毫无保留地去爱"而离开你，离开是因为你给不了对方想要的东西。也许这个男人喜欢简单平静，你却喜欢折腾来折腾去；也许这个男人喜欢丰富多彩，喜欢神秘有趣，你却像张泡在白水里的白纸一样乏味；也许这个男人想要激情四射的性生活，你却喜欢做爱的时候装死……是的，也许你真的有全心全意地付出，但没有付出到点上，付出十分也是零。正如《我要苹果，不要香蕉》里说的："这就好像有人说他想要一颗苹果，而你却送给他一车香蕉。他虽然收下香蕉，但是每天闷闷不乐。你质问他：'为什么我给了你一车香蕉，你还不高兴？'他说：'我想要的是一颗苹果，而你却只给了我一车香蕉。'……也许在你眼里，香蕉比苹果更美味。但是你的想法无关紧要。因为无论是香蕉还是苹果，最后吃的人都不是你。"

当然，一个男人的离开也可能与你无关，不是你给予的不够，而是对方要得太多，比如要永远"新鲜"的感觉，要永远有年轻的肉体相伴。没有人可以一直"新鲜"下去，也没有人可以一直年轻。对于这样的男人，"呵呵"二字足以。

很多纯感性派，信奉全心付出，厌恶和鄙视爱情技巧。其实这两者并不矛盾，所谓技巧，并不是要你伪装成另一个人去取悦别人，很多时候，只不过是让你不要把香蕉给一个想要苹果的人而已。

暧昧本无事，庸人自扰之

毛路

1. 小 N 同学和小 C 同学的故事

小 N 同学，BBC 妹子。长相中等偏上，身材的话，按西方群众的标准：匀称；亚洲群众的标准：偏胖。

小 C 同学，中法混血小哥。长相身材跟小 N 同学差不多一个 Level。

小 N 是我的朋友，小 C 是我男人的朋友。有次跟小 N 一起吃晚饭，她问我认不认识可爱的单身男孩。我就想到了小 C。于是乎，第二次跟小 N 吃饭，就多了小 C 和我男人。（这个故事里，我男人是来陪我打酱油的，请自行忽略我们。）

当天晚上，两人就牵着手，回家"看电影"了。你们懂的。

看了很多场电影之后，小 N 觉得有点奇怪了。"为什么我们每次见面都是晚上，每次都只是'看电影'呀？"

我当时内心的 OS 就是：很明显的炮友节奏嘛！看不出来吗？

当我还在思索如何委婉地表达这一想法的时候，小 N 自己开始分析起来了。

"我进门他都会帮我拿大衣呀，还会帮我把鞋子摆好；我剪了头发，别人都没看出来，就他看出来了；我穿了双新鞋子，他都会注意到，而且我确定他不是 Gay 呀巴拉巴拉……他应该喜欢我的吧？"

我觉得这事儿没法委婉回答了，干脆直接说："亲，不要忽略了小 C 那一半法国血统呀！他也帮我拿过大衣，我剪了头发，买了新鞋子他也会注意到，但是我确定他不喜欢我。"

小 N 好像明白了什么。

后来，他们愉快地做了很长一段时间的炮友。

2. 小 N 请我吃饭的故事

欧巴先生是个韩国设计师，在某社交网站认识了小 N。时不时地约小 N 出来吃吃饭，看看电影（真的是看电影），小 N 也欣然接受。就这么相安无事地过了几个月，有天晚上，欧巴先生打电话给小 N，问她在干吗。小 N 说，我跟朋友们在 Party 呢。欧巴先生说，我能加入吗？小 N 说，当然。

然后欧巴先生就来了。我也有幸在这个 Party 上，见识到了欧巴吃飞醋、发酒疯的全过程。男人抓马起来，比女人更可怕。

Party 快结束的时候，欧巴先生提出来要送小 N 回家。小 N 说，不用了，我一会儿不回家。欧巴先生说，那你要去哪里？去找你别的男朋友？一副"你怎么能背着我找汉子"的态度。

小 N 当时就吓尿了。（据小 N 后来说，那天她本来打算跟小 C 回家"看电影"的。）

小 N 说，你喝多了，回家吧。

这时候，一个倒霉蛋路过，他是小 N 的一个同事。倒霉蛋先生跟小 N 笑了笑。欧巴立刻疯了，问小 N：是他吗？是他吗？

小 N 还没来得及回答。欧巴又问倒霉蛋先生："你是她别的男朋友吗？"

倒霉蛋先生跟欧巴握了握手，不合时宜地开了个玩笑："是呀！你也是她男朋友吗？好巧！幸会幸会！"

然后倒霉蛋先生就被揍了。

倒霉蛋先生坐在地上骂了一句——"你有毛病呀！"站起来还手。

两人立马变身全场焦点。

这时候呢，群众都喝得有点高。大家非但没有劝架，还在旁边喝彩加油。他妈都是一帮什么人嘛！连我都忍不住喊了一声"别打了！"但是他们没听，那就不怪我了。

酒醒后，欧巴先生也觉得自己过分了，请小 N 吃饭向她道歉。（居然忘了倒霉蛋先生！你貌似也应该向人家道歉吧？）不过他的道歉似乎没多大诚意。用了几个 I am sorry 的排比句后，很快转为"这事儿不能都怪我"的态度。

点完菜，欧巴先生哼哼唧唧地说：

"既然对我没感觉，你都不懂拒绝见面吗？"

"为什么要拒绝呀？我又不讨厌你！"

"那你看不出来我喜欢你吗？"

"说实话，我也不太清楚你是真的喜欢我呢，还是想玩玩暧昧，或者空虚寂寞希望有个人陪你打发时间。而且你每次叫我出来，都是在唠叨自己的事情，吐槽你的工作，吐槽你的前女友。再说，我没有义务去挖掘你的内心戏。"

"要是我是真的喜欢你呢？"

"那也是你的事呀。你不能用这个理由要求我什么。"

"你不觉得自己有点自私吗？"

"你不觉得自己有点傻逼吗？"

欧巴先生站起来，走了。

小 N 打电话给我："吃了吗？"

20 分钟后，我一边狂吃，一边听她讲为什么会有这么一大桌菜。

欧巴先生呀，暧昧这个游戏，本来就是一个巴掌拍不响的事儿，玩还是不玩，都是你自己选的，玩不起就别参与。人生这么无聊，单身的时候，大家眉来眼去，互相赞美一下也不过分。别怪人家自私，人家本来就没想跟你怎么着，自己想多了，最后还怪人家没跟你怎么着，这合适吗？

3. 小 C 搬家的故事

一个姑娘喜欢上小 C，她也没有表白，就是时不时地在小 C 面前撒撒娇，让小 C 帮忙做点这个做点那个。

"帮我看看我的英文简历写得对吗？"

"我的网店需要个混血模特，你能来吗？"

小 C 呢，每次也很 nice 的帮她。当然，我觉得除此之外，他也会帮她拿大衣，拉凳子，赞美她的头发鞋子神马的。

有次姑娘过生日，生日派对之后，自己邀请自己去了小 C 家，然后两人 ××OO 了。第二天小 C 去上班了，姑娘在小 C 家乱翻。翻出来小 N 忘在小 C 家的口红。姑娘立马疯了。打电话让小 C 回家。小 C 说，我在陪客户呢，晚上再说吧。姑娘又打电话。小 C 那天真的是跟一个比较重要的客户在一起，就把手机关了。姑娘疯了，把小 C 的衣服和护照剪得稀巴烂。小 C 再次开机的时候，几十个未接电话。回到家里，小 C 疯了。

小 C 去找姑娘理论。（我们这些朋友一致认为这一行为很傻逼，遇到"深井冰"，还理论个毛哇，赶紧跑呀！）

在得知小 C 有个炮友之后，姑娘声泪俱下哭诉：浑蛋！居然在我的生日占我便宜！你跟我约会，怎么还去找别的女人？我一心一意地喜欢你，你好意思背叛我吗？老外果然都是垃圾呀巴拉巴拉……大概就是这些内容吧。

然后，小 C 完全忘了自己是去干吗的。

小 C 回家之后，才想起衣服和护照的事儿。小 C 郁闷地打电话给我男人，大致讲了讲出了啥事。这么八卦的事情，我当然要跟着。于是我们一起去了他家。

小 C 倒上红酒，点上蜡烛（不愧流有法兰西的血液呀，吐槽也要讲气氛），跟我们倾述："思维不是一个世界的，还是自认倒霉吧！"

"你一开始就不应该招惹她！"我男人说。

"我没有招惹她呀！我一直以为她是想'利用'我！但我不介意被一个美女利用呀。一个漂亮的女孩子向我求助，我怎么好意思拒绝？我从来没有向她索取过任何东西，相反一直是她在索取，明明是她在占我便宜嘛。"

我提醒小 C，还是有很多人信奉"上床，那肯定是男人占便宜，女人吃亏"这种男权逻辑的。虽然我个人认为，性是互搞运动，双方都有享受的机会——你情我愿的情况下，不存在谁吃亏，谁占便宜。

这时候，神奇的事情发生了——

姑娘发来微信：

"你跟她断了，我就原谅你！"

小C直接无语了。

接下来的几天，姑娘各种道歉，说自己当时太冲动，不应该剪护照，想跟小C好好发展。同时也表示"不能都怪我，谁叫你睡别的女人"。

小C把她拉进了黑名单。

有天晚上，姑娘去小C家找他。

小C不敢开门，她就在外面一直敲呀敲。

"至少给我一个解释呀！"

"解释了你也不懂！"

"不解释你怎么知道？"

小C打开门，把事情解释了一遍。

姑娘听完之后，说："我不相信你从来没喜欢过我！不喜欢我干吗对我那么好？别生气了，再给我一次机会好吗？我一定能当个称职的女朋友。"

"……我们真的不合适。"

"不试试，你怎么知道？"

姑娘这样纠缠了很久，心情一低落就往小C家跑。

然后，小C就搬家了。

然后就没有然后了。

【尾声】

小N跟小C结束了炮友关系，因为小N离开北京去香港工作了，在那边小 N 遇到了自己的 Mr. Right。小 C 表示真心祝福她。小 C 仍在寻觅中，并偶尔感叹："找个不事儿逼的女朋友为什么那么难？"朋友们答："因为你丫就挺事儿逼的！"

最后，引用友邻 lihao5678 的一句话："倒追没问题，但人家愿意给你开放肉体还是灵魂，是人家的自由。人家就愿意开放肉体，不开放灵魂，你不愿意，可以连肉体也一起不要。不是说，你要了肉体，灵魂也必须给你。"

我做的最好也最失败的事，就是爱你

/ 半杯暖 /

我终于，失去了你。再也不能拥有。糟糕的是，我还爱着你。从前是现在是未来也是。只是从前我爱得明目张胆，而现在只能谨小慎微。因为太过爱你，不愿成为你的困扰，所以才选择不动声色，小心翼翼。

没有人了解，压抑地爱一个人多么辛苦。

在没有失去你之前，就有人提醒我，他们说，你有喜欢的人了。他们还说，你们是同桌，时常一起温习功课。他们说的时候，我尴尬极了，也难过极了。可我还是选择了不动声色。因为太过逞强怕他们看穿我努力躲藏的难过和努力掩饰的秘密。可是，几乎所有人都看懂了我的秘密，唯独你视而不见。尽管如此，我还是天马行空地以为，你是爱我的，因为你曾问过，做我女朋友，好不好。

我一个人，怀揣着这个秘密，既兴奋，又紧张。你不会知道我多么期待这一天，可是真的等到了，却不知该如何作答。我想立即应答，可是原谅我太过矜持；也想巧妙反馈，可又太过笨拙。于是只好一个人在脑海里设想了千百种回答，尽管你再也没有兴致去听。

原来，爱情是一阵风。刮来的时候，要及时享受。刮走的时候，要听天由命。可惜的是，那时的我还不能够懂得爱情的个中奥妙。

周围的朋友打趣说我在发神经，他们以为我不过是一时中了爱情的蛊惑，过些时日就好。可是他们错了，只有我自己知道我是多么执迷不悔地爱着你。他们还说我脸上的笑容越来越少，他们以为我病了，只是他们不知道，我所有的不快乐都是因你而生。你不爱我，我怎么快乐得起来？

他们笑我傻，笑我付出太多，可是我不在乎，除了爱你，再也没有什么事值得我分心了。我整个盛大的青春里全部都是你，睁开眼闭上眼，梦里梦外，满满当当全部是你。可是，你呢？你会像我思念你般思念我吗？我曾以为你会，可是我发现我又一次高估了你的情，你从不曾爱过我，更不曾思念过我。所有的爱和思念，都是我一个人的一厢情愿，一个人的自导自演。

也许只有那个年纪，那段岁月，我们才能毫无保留地去爱一个人。不计付出，不计得失，毫无怨怼，心甘情愿。许是爱你太过用力，以至于后来的我在爱情上总是无能为力。此刻，我多么想像曾经那般疯狂地痴恋一个人，可是我发现自己早已没了当年的耐心和勇气。

终于，你还是亲自对我说出了那句话。你说，我们不适合。我固执地问，怎样才算是适合。天真如我，不爱了就是不爱了，哪里有什么适合不适合。在我逼仄的追问下，你终于承认，你有新欢了。呵呵，我早就料到了，不然你不会对我如此冷漠。只是，你有新欢了，我连旧爱都不是了，是吗？你说，她善良，可爱，懂事。你知不知道你说起她的时候，眼里闪着光芒，嘴角的弧度也优美极了。完全忽略了这么卑微地爱着你的我。我嫉妒极了，也恨透了你不爱我，也恨透了自己那么爱你。可是，我还是得假装大度地祝福你，祝福你们。其实，我多想说，她有的这些优点，我都有啊，只是你为什么看不到也发现不了。可是，我什么也不能问，一问就输了，连最后一点尊严都没了，这太卑微了。不爱了就是不爱了，哪里需要什么理由。

我微笑着说，没关系，我这么好，肯定会遇见疼惜我的人。你也这么安慰道。可是既然我很好，为何你不爱我？你看，我还是心里不平衡，明明知道不爱了不需要任何理由，却还是拼命给自己找借口，好让自己舒服一点，不那么痛苦。

不知道你安慰我的时候会不会难过，总之，我被你安慰的时候难过极了，几乎快要窒息。从你的表情里，我猜测你不是太难过，因为你说出那句话时的表情轻松极了，看不出半点儿悲伤。正是因为如此，我更难过了。

我曾以为，我爱你是我一个人的事，与你爱不爱我无关。可是在你说你不爱我的那一刻，我才懂得，原来我对你的爱是有所希冀的。我希望，你是爱我的。可是你终究没有爱上我。或者说，你是喜欢我的，但绝不是爱。

你说，你对我的感情是兄妹之情。多么荒唐啊，如果不是你问做我女朋友吧，我想我会一直压抑自己的喜欢，直至发霉腐朽，也不会告诉你的，更不会像现在这么尴尬。可是你问了，就在我刚刚想好怎么回答你的时候，你却转身喜欢上了别人？

我所有的自尊被你踩在脚下。一个少女纯真的爱死亡了。

你似乎在向我宣告，从今天起，你不可以再喜欢我。你没收了我喜欢你的权利。

我卑微地走上前，拥抱你。可是你无动于衷。你像变了一个人，不再温柔。就在我拥抱你的时候，眼泪终于笑了。撕心裂肺。

你离开了我。你爱上了别人。我压低声音，哭不出声。可是我连对手都没看见，就被打败了，我多么不甘。我不知道自己做错了什么，使你对我如此冷漠。我像个犯错的孩子，躲躲闪闪地讨好你，却还是被嫌弃。只是我的确不知道自己哪里错了，真的不知道。

于是，从你离开我的那一刻，不，确切说，是你收回我爱你的权利的那一刻，你让我成了阴谋家。我决定报复你。可是你不知道我所有的阴谋都只是为了让你察觉我的珍贵。我天真地以为，只要你看见我的好，就会重新爱我。可是那时的我，不能够明白：之于爱你的人，你的坏也是好；之于不爱你的人，你的好是一种多余，不产生任何价值。所以，我们需要遇见一个势均力敌的爱人，这样Ta才能恰如其分地发现你的好，既不过分放大也不过分置之不理。

我怕忘记你后，没有回忆拿来怀念了

沈善书

在爱情里，我们爱得越紧，就越害怕失去对方。也许是因为没有信心，担心彼此无法用一生的时间来承担对方所给予的喜怒哀乐。

我的朋友 Maggie 和她现在的男友异地恋快一年了。Maggie 是一个极感性的女生，外表清爽的短发看着"百毒不侵"，其实，她比谁都害怕失去男友。她和男友老早便认识了，也知晓彼此的名字，只是缺少一个机会。直到有一次，她坐在出租车上，刚好碰见了他。因为我们这儿的城市太小太小了，所以才能让她戏剧化地遇见了他。

然后，他问她要了微信，便这样踏上了爱情征程。

Maggie 的男朋友是酒吧驻唱歌手，第一次听他唱的歌是《残酷月光》。那天晚上，他一字一句，深情地唱着，视线全部落在Maggie 的身上。我看着 Maggie，眼中有泪光婆娑。趁着 Maggie 的男友去另一个酒吧唱歌时,她和我说了很多。大抵是因为酒精的作用，说到后面的时候，我们都哭了。她满面泪流地告诉我："我真的想抛开所有跟他结婚，但又明明知道，彼此都有各自的未来。"

其间,Maggie 点燃了一支烟，慢慢地抽着。借着酒吧迷离的灯光，看着她抽烟的姿势，太寂寥，太孤独。我趴在桌子上听着她自言自语地说着，心想，只要是迷恋的，都让我们沉沦。

"也许我不是那个陪他结婚生子的人，不能用一辈子的时间为他洗衣做饭，为他唠唠叨叨，而且他也会遇见比我漂亮比我懂事的那个她。但是，我能这样地爱过，就真的很满足了。"她仰着头，佯装微笑，但眼泪早已哗哗落下。

继而，Maggie 略有哽咽地说："你不知道，我们彼此都爱得太用力，太在乎对方，所以更加害怕失去对方。我和他很多地方都极其相似，但是，相似是件很痛苦的事情，因为彼此在乎的东西都一样，而得到的伤害也是同等的。他说过，这辈子我是他遇见的最对的人。虽然很多人都说异地恋会无疾而终，但我们不去谈未来，也不谈过去，只珍惜现在。只是，他回来后，我仍旧害怕失去，每次他抱得我越紧，我就越怕失去他后再也没有这么温柔的拥抱了。"

她说完后，我立马想到了两个字：捆绑。恋爱中，从来不缺甜蜜，缺的是如何学会给彼此适当的松紧。

因为你在乎对方，因为你爱得太投入，恨不得全世界只剩下彼此。所以，你害怕失去对方，所以约束，所以寸步不离，所以忘了给对方腾出一些私密空间。但是，恋爱的前提一定要信任对方。有时候，过于在乎也会不小心变成伤害。渴望占有对方本没有错，只是你忘记了，爱情也是一部电视剧，也有广告时段，所以你要腾出一点时间给对方。要记得，爱情永远都只有今天，别沉湎昨天，更别向往明天。

我们这一生，说短暂，是因为你正过的生活太美好，害怕时光流逝。说漫长，是因为你把发生过的每一件事情都拿来熬，所以希望那些孤独寥落早些过去。无论是欢喜还是悲哀，都将会有离别。水满溢出，花艳会败，更何况爱情。生命中总会有意想不到的事情发生。所以，不如当以今朝有酒今朝醉的态度珍惜现在。明天可以拿来期盼，但不沉溺，不浮夸，因为生生世世的承诺是属于年少时光的。

曾经，我以为最可悲的是沉湎回忆、耽溺往事不能自拔。但现在我才知道，对于隐隐作痛的往事，并不是我不想忘记，而是我怕忘记后，再也没有回忆拿来怀念了。

你知道的，忘记一个人与在乎一个人都很痛苦。Maggie 的故事，让我想起一个人，我也是小心翼翼地把那个人收藏在心中，不敢开口表达心思，也是因为太在乎，太害怕失去，害怕连朋友都做不成。因为卑微的恋情向来得不到成全。

对于一些事，常常会有人问我们是否还记得起时，我们总爱说，记不得了，忘了。其实，根本没有忘记。只要自己不想忘，就永远不会忘记。我们只会找各种借口来掩盖自己的伤口，掩盖自己的脆弱，让别人觉得，自己活得坦然，活得潇洒。其实，那些发生过并且不想忘记的人与事，一直都在心中，冷暖自知。

我们一直都这样，因为太在乎，所以害怕悲欢离合，害怕争吵变故，害怕生老病死。而人生往往就是如此，在各种害怕中过完了一生。

恋爱中的你，不要害怕。尽管知道会有离别，会有失去，但你也要选择拼命地去爱，去守护，去奋不顾身，哪怕会遍体鳞伤，哪怕会跌落深谷，但能撕心裂肺地爱过这一回，就无怨无悔了。因为你要知道，我们曾经错过的太多太多，所以我们要珍惜今天，珍惜当下。你只要珍惜现在，珍惜每一天，说不定，一不小心还会走到白头到老。

图书在版编目(CIP)数据

一个人的义无反顾/艾明雅等著. —武汉:武汉大学出版社,
2014.9(2022.5重印)

ISBN 978-7-307-14015-8

Ⅰ. 一… Ⅱ. 艾… Ⅲ. 杂文集-中国-当代 Ⅳ. I267.1

中国版本图书馆CIP数据核字(2014)第182119号

责任编辑:安斯娜 责任校对:林方方 版式设计:文豪设计

出版发行:**武汉大学出版社** (430072 武昌 珞珈山)

(电子邮件:cbs22@whu.edu.cn 网址:wwww.wdp.com.cn)

印刷:北京一鑫印务有限责任公司

开本:880×1230 1/32 印张:7 字数:130千字

版次:2014年9月第1版 2022年5月第4次印刷

ISBN 978-7-307-14015-8 定价:42.00元
